Trans+

Trans+

Trans+

Trans+

Silent Macabre

SM❸ 他人事

作者：平山夢明
譯者：黃薇嬪
責任編輯：江怡瑩
美術編輯：蔡怡欣
校對：呂佳真
法律顧問 ：全理法律事務所董安丹律師
出版：小異出版
台北市105南京東路四段25號11樓
TEL：(02)87123898 FAX：(02)87123897
e-mail:locus@locuspublishing.com
www.locuspublishing.com
發行：大塊文化出版股份有限公司
台北市105南京東路四段25號11樓
讀者服務專線：0800-006689
TEL：(02) 87123898 FAX：(02)87123897
郵撥帳號：18955675
戶名：大塊文化出版股份有限公司

總經銷：大和書報圖書股份有限公司
地址：台北縣五股工業區五工五路2號
TEL：(02) 89902588 FAX：(02) 22901658
初版一刷：2008年9月
定價：新台幣260元
ISBN：978-986-84569-0-7

他人事

平山夢明 著

黃薇嬪 譯

目次

導讀　人性的瘋狂．恐怖的全才　寵物先生　5
推薦序　泯滅道德的恐怖幽默　既晴　9
他人事　13
支解吾兒　33
只吃一口就……　53
老媽與齒輪　69
幼貓與天然瓦斯　85
退休日大逃殺　101
召喚恐懼　119
傳信貓　141
傷腦筋的烤肉　157
雷薩雷很可怕　179
瘋狂甜心　199
達爾文與越南西瓜　219
人間失格　237
老虎的肉墊是消音器　255

導讀

人性的瘋狂・恐怖的全才

【推理小說創作者】寵物先生

很久沒見過像平山夢明一樣，執著在單一寫作領域，卻又如此「全才」的作家了。

身為推理小說迷，與平山夢明的第一次接觸自然是那本《世界橫麥卡托投影地圖的獨白》（中文暫定書名）。不僅同名短篇得到二〇〇六年推理作家協會獎，整部作品集也高居當年「這本推理小說眞厲害！」排行榜首位，再加上有夠長的書名，自然吸引了我的目光（即使它不是推理，而是恐怖小說）。

透過編輯的介紹，有幸得以接觸《世界橫麥卡托投影地圖的獨白》，讀完後很是喜歡，儘管如此，我仍然無法體會印在該書書腰帶上，柳下毅一郎先生的評語：「他是神、神」如此強烈的感覺。直到我讀完接下來的幾部短篇集《導彈人》與《他人事》之後，才能很明確地對別人說：

「若要在日本的恐怖小說作家當中推薦一個，我會選擇平山夢明。」

這並不是指平山的小說「眞的很恐怖」。我對他的憧憬，是因為他是我閱讀過的作家當中，在「恐怖」這個類型上守備範圍最廣的人。

先來談談平山的經歷。在我對這位作家產生好感，進而上網以他的名字做關鍵字搜尋之後，發現一件令我震驚的事：原來我早就接觸過他的作品了。二〇〇四年的一部日片〈超商怪談〉（港譯：〈買鬼回家〉，當時只覺得那是一部低成本、劇情簡單的恐怖電影），其原作就是平山夢明，更不用說當我知道平山本人還有客串戲裡的新聞播報員一角時，會有多驚訝了。

於是我又找了同樣是他原著的港版〈東京超恐怖傳說〉來看。雖然這部片平山本人沒有出演，不過幕後有一段他與導演出席發表會的片段，於是我終於看到他本人平時的樣子。是一位很有朝氣的四十多歲大叔。

其中〈超商怪談〉取自他編修的《「超」恐怖故事》系列，〈東京超恐怖傳說〉則來自他執筆的《東京傳說》系列。前者平山從一九九三年便加入編輯陣容，此後不斷編寫、發表許多彙集怪談實錄與都市傳說的故事集。

隔年（一九九四）他發表了以著名連續殺人犯爲題材的紀實作品《異常快樂殺人》。不過他的「小說創作」，則要到一九九六年的《SINKER——沉沒之物》才揭開序幕，此後他偶有長篇出版，但大都以短篇爲主，其中最大宗的發表平台，便是小說家井上雅彥所監修的「異形蒐集系列」恐怖小說合集。該套合集的執筆陣容非常龐大，網羅了不少大師、中堅作家與新秀，是水準頗高的恐怖精選。前面提過的《世界橫麥卡托投影地圖的獨白》與《導彈人》裡面，有許多短篇都是先刊在該系列合集上，再獨立出版的。

平山在寫作之外的經歷也相當豐富。他除了拍過電影，有時會用另一個筆名「Delmonte

平山」撰寫電影的評論與介紹文，還做過廣告企劃、採訪，甚至便利商店店長等工作。

正因爲這些形形色色的資歷，使得他雖然只埋首於恐怖小說，作品卻如同萬花筒般，呈現出許多不同的面相。

這些面相有多少？首先，我們可以看到他延續對變態殺人犯的研究，勾勒出「異常心理」，利用逐漸扭曲的氛圍將人心導向殘忍與瘋狂；又我們可以看到他在小說裡，大量製造死亡、糞尿、性、人肉食材、亂倫等令人不快的產物，企圖引導讀者至某種「極限狀態」。

有時，他的作品承繼歐美的驚奇小說，在頗爲日常（平凡到想睡著）的氛圍下，在最後一行投以（讓讀者頓時清醒的）黑色幽默；有時卻又反其道而行，在故事一開始就命令筆下的「怪物」對人們施行殘暴的鬼畜凌虐。讓你前面會心一笑，後面卻又噁心想吐。

他喜歡利用善與惡的對峙，或是惡對善的壓迫讓讀者喘不過氣；他也會像筒井康隆、星新一等大師般，添加一些科幻、奇幻，或是與現實狀況不符的荒謬設定（但仔細想想，那些設定其實有可能成眞），來「弄亂」世界、崩潰人心。

就如同推理小說有分本格派、社會派、冷硬派、懸疑、犯罪，或是警察小說等類型，恐怖小說也有多種呈現「恐怖」的方式（只是鮮少有人去分類）。上述的這些面向（異常心理、黑色幽默、鬼畜凌虐、科幻驚悚，當然，還得加上原本就擅長的怪談實錄與都市傳說），將平山筆下的世界分割成一塊塊差異甚大的個體，儘管每一小塊都貼上「恐怖」的標籤，卻或輕、或重、或濃、或淡，且色彩不一。

在「恐怖」的領域裡，平山夢明的確是「全才」。

日本推理小說界有一位喜歡多方嘗試的「百變寫手」東野圭吾，早期他的風格偏向精緻、小巧的寫實解謎推理，後期則鑽研不同的社會題材，挖掘人性的黑暗面，也有針對推理衍生的幽默諷刺小說，幾乎是什麼都寫。連他自己也說過，沒有他「不感興趣」的題材，只有「還不熟悉」的題材。

就「全才」這點來看，平山與東野或有類似之處。當然不同的是，平山的創作生涯並沒有東野圭吾那麼長，但由於他的主力都放在短篇作品，因此故事的格局雖然不大，多量生產的結果，卻讓他得以在「恐怖」的各個角落均有所發揮。並且能將各種類型的特點描寫得淋漓盡致，延伸到極端。

這「延伸到極端」如果是黑色幽默或科幻驚悚的話還好，若是異常心理或是鬼畜凌虐的話就……換句話說，在閱讀平山如此豐沛的短篇集之前，是需要有所準備的。這不只是一般「好，我要讀恐怖小說了」的那種準備，而是「在溫和易入口的前菜之後，竟是嗆辣到不行的主菜」類似面對如此差異的心理準備啊。

那麼讀者們，你「準備好」了嗎？請繼續翻閱本書，等在你眼前的，將會是平山夢明多采多姿的恐怖世界喔。

推薦序

泯滅道德的恐怖幽默

【恐怖推理作家】既晴

會識得平山夢明的名號，是從二〇〇六年的第五十九屆日本推理作家協會獎開始的。當屆的短篇推理得獎作品，是平山在「異形蒐集系列」中《魔地圖》所刊錄的〈世界橫麥卡托投影地圖的獨白〉（註：橫麥卡托投影是一種地圖繪製法）。其後，收錄了這篇作品的同名短篇集，更獲得隔年「這本推理小說眞厲害！」的首位。

「異形蒐集系列」由著名恐怖小說作家井上雅彥編纂，內容是蒐集國內外作家的恐怖、奇想、懸疑、驚悚短篇小說，除了向當紅小說家邀稿，也接受讀者投稿，題材包羅萬象，可說是短篇怪誕文學的大奇觀。

誠然，日本推理作家協會獎並非從未將獎項頒給廣義、甚至極爲邊緣，推理元素非常淡薄的作品——例如，東野圭吾的《祕密》，是混雜戀愛、親情成分的幻想小說——所以就算得獎作品是怪奇幻想小說，也並非特例。但頒給平山，仍然令我有些意外。畢竟，他的出道方式，與一般路線「正統」的作家差距甚大。

在日本，有志創作者想要進入文壇，絕大部分必須從新人獎的競爭中勝出。經過編輯、作家們的層層把關，作品在出版前，早經過不知多少專業人士檢驗，對讀者而言，可說是一種品質的保證。

不過，相反的，經過太多人審核，最後選擇出來的也可能是四平八穩、想討好所有人口味的保守作品。後來，一些出版社也推出「企劃型新人」，塑造鮮明、強烈的風格感，也得到了讀者的支持。一直到近年來，手機小說的熱潮，動搖了日本文壇「耐勞實幹」的傳統基石，出版社才驚覺讀者的組成已經與以往不同。

然而，平山夢明都不是藉著以上的方式出道。他早期在雜誌上寫恐怖電影評論，後來執筆恐怖極短篇、都市傳說、鬼話實錄一類的連載，全是標題聳動、篇幅輕薄、內容嗜奇的短文——若以文壇的金字塔結構來看，幾乎是屬於最底層的寫手了。不過，在持續不輟的創作下，平山的書愈出愈多，居然也逐漸建立了個人風格，並且在多次參加了「異形蒐集系列」投稿後，獲得重要推理獎項的肯定，終於躍升一線作家之列。

平山得獎後的第一部短篇集《他人事》，收錄了他曾在雜誌刊登或以手機小說形式發表的作品，絕對可以見識到他的拿手絕活——在極短的篇幅內，就布置出奇特的故事氛圍、製造出逆轉的情節高潮，引起讀者欲罷不能的閱讀衝動。

例如，〈支解吾兒〉的開場描述，就強悍得讓人一過目即無法忘懷。而，若是分析《他人事》裡的各篇作品，則可以歸納出平山在創作這些故事所使用的幾項主要技巧。

首先，是貼近生活的恐怖感。當然，自從鈴木光司發表《七夜怪談》後，這樣的背景設計已是現代恐怖小說作品的常例。不過，平山夢明則更乾脆地將這樣的恐怖感著眼在「陌生人」上。一般人在樓梯間、地下道偶然與形跡詭異的陌生人擦身而過的莫名恐怖感，在平山的筆下發揮得淋漓盡致。而且，平山更強調，陌生人之所以令人恐懼，並非單純僅止於「身分的陌生」，更重要的是在「價值觀的陌生」。

例如〈他人事〉裡的車外人、〈只吃一口就……〉裡的綁匪、〈幼貓與天然瓦斯〉裡的摔角少年、〈傷腦筋的烤肉〉裡的鐮刀男、〈人間失格〉的尋死者，都顯示了視生命如草芥的陌生人，將他人的痛苦、脆弱、掙扎，視為可以玩弄的遊戲心態，是多麼令人膽寒的景象。

但如此泯滅良心的陌生人，卻又極端地差別待遇，對待另一項與被害者無關之物時，是那麼親切、溫柔，造成一種強烈的嘲諷感，也彷彿擊潰了所有的希望與光明。由於兩者之間的反差太過極端，甚至會製造出超現實的絕頂荒謬效果，予人哭笑不得的黑暗幽默。

相對的，在〈老媽與齒輪〉、〈退休日大逃殺〉、〈瘋狂甜心〉、〈雷薩雷很可怕〉、〈老虎的肉墊是消音器〉幾篇中，雖然並沒有出現什麼可怕的陌生人，但生活環境、背景的變化，也造成人際關係的裂解、崩潰，人與人之間彼此再也無法信任，無論再怎麼掙扎，也只是深陷泥淖，最後呈現出虛無、蕭條、欲振乏力的寂寥感。

讀完了《他人事》以後，必然會感覺書裡的世界實在太恐怖了，但，平山夢明的極短篇也是現實社會的放大鏡，或許我們可以透過這些故事，來檢視一下自己心底的小小惡意。

1 他人事

這場景，我曾在電影上見過，卻壓根兒沒想到自己會卡在翻落懸崖的車子裡。伸手摸摸膝蓋，指尖陷進爛桃子似的肉裡，我幾乎感覺不到自己的雙腿；被安全帶倒吊在半空中而呼吸困難，這種感覺更勝疼痛。前方裂成白茫茫一片的擋風玻璃，像腐朽的柵欄倒在引擎蓋上。我的麥當勞奶昔和涼子的可樂飛出杯架，潑灑在撞得凹凸不平的車頂上，連同高速公路的收據和零錢一起散落在那裡。原本擺在置物箱裡的手機，不曉得哪裡去了。脖子好重，不想動。視線這麼模糊，是血流進眼睛裡的關係吧？車子都已經這副模樣了，電力系統居然還能繼續運作：從冷氣孔吹送出的溫冷風，羼著輪胎的焦臭味。遇到這種慘事，收音機裡的冷感女人依舊淡然播報著道路壅塞的消息，感覺眞詭異。耳裡聽到某處傳來的滴答水聲；幸好沒聞到汽油味，看來油箱應該沒事。

「妳要不要緊？」

我的聲音像吞了藥粉般沙啞。

涼子沒有回答。扭曲成ㄟ字形的車頂擋在後座和駕駛座中間，只剩下一條鉛筆盒蓋微開大小的縫隙，我根本無從得知她的狀況。

「妳還好嗎？我的腳夾住了，動不了。」

呻吟聲……一咳。

一聽就知道是涼子。

「我想沒事，只是不太能動……問題是……」她突然歇斯底里的大喊：「亞美不見了！亞美！亞美！」

「不會吧？看清楚點！」

「她真的不在！不見了不見了不見了不見了！啊啊！她不見了啦！」

我也染上涼子的慌亂，反射性大聲喊叫起來。

這時突然傳來個男人的聲音：

「喂！沒事吧？」

我和涼子沒料到會出現這聲音，冷不防立刻閉上嘴巴，下一秒又旋即放聲呼救。

結果，灰色長褲的下襬和沾滿泥巴的黑色皮鞋出現在碎裂的玻璃縫處。

「對不起，我們的小孩不見了。」

「她在呀，在這邊，受傷嘍。」

男人的聲音有些含糊，聽不清楚。

「拜託你幫幫我們！拜託你！」涼子尖聲高叫。

「拜託你幫我們叫輛救護車！」我也跟著說。

男人的鞋子便快步走離車子。

「亞美！亞美！」涼子拚命喊：「妳可以說話嗎？媽媽的身體動不了！裕一！到底出什麼事？怎麼會搞成這樣？」

「我們掉下懸崖。」

「怎麼會？」

「對向車道的車子突然越過中線朝我們開來，不閃開直接撞上去的話，我們就死定了，只是沒想到會這麼倒楣撞斷護欄……

「都怪你開太快了！我還在想會有危險……」

突然聽見亞美那孩子虛弱的哭聲。

涼子再度發狂似的叫著亞美的名字；然而那孩子只是呻吟和哭泣，沒有回應。

「你出不去嗎？裕一，你可以想想辦法出去嗎？」

涼子說完，我再次想辦法企圖恢復自由之身，但被夾在破碎儀表板底下的腿動彈不得。

「不行，我的腿整個被壓爛了。」

我隱約看見滿是鮮血的手指出現在我和涼子間的縫隙處；原本塗著美麗指甲油的手指甲幾乎被硬生生剝去，露出橢圓形的指肉。

「妳看來很糟……要不要緊？」

「我的眼睛……看不太到……」

這時腳步聲回來了。我看見剛才的皮鞋和褲襬。

「有勞你了！救、救護車……現在情況如何？電話打通了嗎？」

「姑且算打通了。」

「謝謝你！啊啊，得救了。小孩在你那邊嗎？」

「有個女孩子倒在這裡。」

「不好意思，可以麻煩幫忙看一下她的情況嗎？拜託。」

「叫誰去看？」

「呃？……當然是你啊。」

「我求你！」涼子大叫。

男子喃喃地說些什麼，一邊往亞美身旁走去。

……哎呀呀。

男子這麼說。

「她精神很差。」

我聽見涼子倒抽一口氣。「啊啊，怎麼辦怎麼辦……她叫亞美，你可以和她說說話嗎？她還有意識嗎？亞美！」

「還有沒有意識……誰知道呢？」他的聲音悠哉的彷彿在回答天氣好不好。「我也不清楚呀……我又不是醫生……」

「求求你！只要喊喊她就行了！幫我握握她的手讓她放心！求求你！」涼子不死心的說。

「要我摸她？感覺很髒耶，有點……噁心。」

「怎麼這麼說……那你幫我跟她說媽媽馬上過去，要她別擔心，媽媽和叔叔都沒事……」

「說那種話，妳都渾身是血了，哪裡像沒事？」

「騙騙她也好，就當是給她勇氣嘛！」

我也插嘴說：

「拜託你告訴她我們馬上帶她去醫院，要她別擔心，讓她放心！」

「意思是，你們想對個快死的孩子撒謊？」

「啥？你說什麼，廢話！」

「啥？妳說什麼，意思是，我必須騙個快死的孩子嗎……？」

「拜託你！求求你！怎樣都好，拜託你幫幫她！」

男子大大嘆口氣，離開車子。

我們豎起耳朵等著男子開口，卻什麼也沒聽見。

腳步聲回來了。

「你們還是自己去說吧，我又不是你們的遙控玩具。」

「遙控玩具……？你是眞心的嗎？認眞點行不行，王八蛋！」涼子怒罵道：「小孩都快死了，你到底有沒有搞清楚狀況？快點去說！你是男人吧！沒用的廢物！」

男子沒有反駁。聽不見咳嗽聲，也聽不到腳步聲，他像突然消失般，四周只剩鳥鳴聲，以及風擾動樹木的颯颯聲包圍著我們。

「喂！你還在嗎？你在那邊吧！」

涼子耐不住沉默的喊道。

「……氓……啊……人……」男子的聲音夾雜著嘆息。

「啊？你說什麼？」

「我說妳是女流氓！我在啊。怎麼會有這麼粗魯的女人……」聽得出男人離車子有段距離。

「求你別鬧了！我只是掛心孩子罷了！你應該能夠體諒的呀！」

「真搞不懂妳那張嘴是怎麼回事。體諒？我只覺得妳根本是個瘋婆子，突然就對素昧平生的我怒吼，做事情也完全不合常理。明明連見都沒見過我，還說得那麼好聽……你的女人真要不得耶，簡直就像……像個不良少女！沒被男人教訓過……很像以前看過的漫畫裡面出現的不良少年；那傢伙明明是個高中生，卻沉迷夜生活……」

「現在還說那種事？」涼子大喊：「你有完沒完啊！」

男子再度沉默。

「媽媽……」接著聽到痛苦的呻吟聲。

「亞美！」涼子回應：「媽媽就在妳旁邊！別怕！不用怕哦！」

「沒那麼旁邊吧……」男子喃喃說：「距離大概有十公尺……不對，不到九公尺，大概八公尺再多一點……八公尺七五？或者八公尺九五……不管怎樣，總之沒那麼旁邊就是了。」

「好痛喔……肚子好痛……」

亞美的聲音聽來微弱難受。

「無論如何……無論如何拜託你先幫我們看看孩子的情況吧！」

「嗯？……啊……有東西跑出來了……各式各樣紅的白的……環狀的、繩狀的、管狀的……」

聽到他這麼說，我全身寒毛倒豎。怎麼會這樣？亞美活不成了！

「有流血嗎？能夠止血嗎？你只要按住傷口就行了，拜託！求求你！」說到最後，連我都覺得自己像是在慘叫。

「那樣會把手弄髒吧……手弄髒的話，我怎麼辦？附近又沒有水……擦在衣服上？不立刻洗起來，會滲進纖維裡；洗衣服時，還得和其他衣服分開才行；再說，衣服掉色的話，我會很低潮、很失落……」

「無聊透頂！你簡直不可理喻！那麼，你把那孩子挪近我們一點！」

於是男子走開，回來後，拋了個什麼東西到後座。

「這是什麼？裕一，你看得出來嗎？」涼子撿起那東西，從縫隙間遞過來給我。

那小東西上面還附著指甲……

「是那女孩的手指啦。」男子說。

「不會吧！」涼子低聲說完，細聲啜泣起來。「太過分了……你不是人……」

「喂喂，別傻了好不好，那手指就掉在女孩旁邊，是妳自己說『把那孩子挪近我們一點』❶的呀……討厭的女人，要裝女王頤指氣使也該有個限度吧？頭痛的傢伙……累死人了……」

「亞美沒事吧？」

「關我屁事啊？不幹了，你們這些傢伙真的很麻煩耶，兩個人一起聯手，搞得我好像是壞人，煩死了。」

「我們沒那意思，你誤會了，我們只是希望你能幫幫忙而已。」

「就會叫我做這做那！給我去做這！給我去做那！向右邊！向左邊！不是那樣！是這

樣！——我為什麼非得當你們的奴隸不可？你們這些傢伙在學校是怎麼學的……」

「我能理解你當然會生氣，可是你能不能冷靜考慮一下我們的立場？我們身陷這般處境，既沒辦法靠自己逃出去，也沒辦法救孩子……我們也是被逼得走投無路、無可奈何才……」

「動彈不得？走投無路？車子出意外害小孩子飛出去，有這麼了不起、這麼得意嗎？會出這種事，還不是你們自己愛摔下懸崖來？我有去碰你們的方向盤嗎？」

「你說得沒錯！你說得一點也沒錯……可是，你能不能看在人情的分上幫個忙，試著從外面把車門拉開？幫我這個忙就好，剩下的我會自己想辦法，不會再麻煩你。」

過了一會兒，男子的鞋子進入我的視線範圍內；我想看看他的臉，卻只能看到隨處可見的灰長褲、白襯衫和上半身的一部分：肚子突出，但算不上胖。他將雙臂交在胸前，說：

「這車門撞得亂七八糟的，好像會割手，我搞不好會受傷耶……」

「求你了，試一下，感覺不妙的話就停手。」

「我如果受傷的話，怎麼辦？搞不好會破傷風哦！」

「哪會……不過是開個門而已呀……」

「但你不能否定這種可能吧？如果你們在我的幫助下獲救，從此過著幸福快樂的日子，而我卻得了破傷風，必須自己一個人終其一生對抗這難治之症，我這是何苦……」

❶註：日文雙關語，「挪近一點」另也可解釋成「拿一點過來」。

「無論多少我們都會補償你！這可是關係到小孩子……不，是我們所有人的命啊！拜託你！」

「哼，無論多少都會補償……你可真有錢吶……看得出來，還有你的女人也是，渾身上下散發著自以為是的銅臭味！」

「我沒騙你，」我脫下手錶拋向男人腳邊。「這是勞力士。」

男人伸手撿起手錶。

「壞的……」

「那，這個怎麼樣？」我扭過身體，想辦法拿出錢包，伸手遞向窗外的男人。這個過於勉強的動作，讓我的肩膀一陣劇痛。

「你以為有錢就能解決一切嗎？」

「不，我不是那個意思，只是想證明我不是說說而已。錢包裡面有我的駕照，這樣一來，你就知道我是誰，我想逃想躲也沒辦法了。」說到這裡，我的手突然失去力氣；錢包掉了下去。

男人看樣子正在考慮。

「叫那女人向我道歉，說：『我感到萬分抱歉，都怪我沒禮貌，我絕對不會再說那種話了！』她如果向我賠不是，我就考慮幫你們。」

「喂……你不會是說眞的吧？她只是因爲小孩子有生命危險，情緒有些不穩，你了解的嘛！這些小細節等事情告一段落，我們再來好好談……」

「資本主義走狗的說法！這輛也是進口車吧？什麼牌子？」

「你別再浪費時間了！」

「時間要怎麼浪費，是隨我吧？」

說完，男子開始吹起口哨。

這時候，涼子呵呵笑了起來。

「什麼啊，原來是這麼回事。」她的語氣若無其事到叫人不舒服。「裕一，沒有用的，就是這傢伙！就是他的車子害我們掉下懸崖來！現在他企圖掩飾這樁意外，所以才不打算救我們。殺人魔！你在等著看我們全死光，對吧！」

「既然被揭穿，那我也沒法子了……」男子忍住笑。「我還以為你們會更早注意到呢……」

我原本也差點發怒，僅剩的理智卻讓我想起另一件事情。

「等一下，這樣不合理啊，他又沒撞到我，如果他是那輛車的司機，爲什麼要特地回過頭來找我們？根本沒有對撞的證據呀！」

「你還不懂嗎？他是瘋的！是個瘋子！徹頭徹尾發瘋的瘋子！瘋子的行爲舉止不合理，有什麼好奇怪的！」

「……不對，很可惜不是他。雖然僅僅一秒鐘，但我有看到擋風玻璃後頭不只一個人，至少可以確定副駕駛座上還有個女人，而他只有一個人。」

「那就是他把她也殺了！那女人知道他造成交通意外，所以他殺掉她之後再下來！」

「不正常的人是妳吧，大——嬸？」
「總之，你剛剛說已經打過電話了，沒錯吧？」
「是啊，我打了，打回家。晚歸的話，我老婆會囉唆。」
「啊啊……」小孩子有氣無力的嘆息。
「亞美！媽媽在這！媽媽在這裡！」
「嘴巴在動，她好像在說話，一張一合、一張一合，真像鯉魚。」
「求你去看一下她！拜託！」
「那邊那位女王陛下怎麼說？」
「拜託你……」涼子小聲說。
「應該要說：『請您幫幫賤婦』……這樣才對吧？……還要低頭行禮。」
「請……您幫幫……」
「還少了幾個字哦！」
「請您幫……幫……幫幫賤婦……」
口哨聲與腳步聲一齊遠去。他吹的曲子是〈聖者進行曲〉❷。
「……她在說謝謝……啊！斷氣了。」
涼子淒厲慘叫。
「求你幫我們打電話叫救護車！你現在手中握了三個人的性命，拜託發揮慈悲心，到時不只是我們，全世界都會為你的義行而感動！」

「太晚回家，我老婆會不高興。」

「她既然懂得選擇你這麼優秀的男性，一定能夠諒解的！你絕對有副好心腸，展現出沉睡在你體內的善良本性吧！」

「就像英雄那樣？」

「沒錯！你會成爲英雄！不是漫畫或電視上那種騙人的東西，而是眞正的英雄！」

沉默。

「你白癡啊？」男子的聲音對我完全藐視。「說什麼『你會成為英雄』……蠢斃了，你如果之後有機會進城的話，最好去檢查一下腦袋。」

「沒用的……對這人說什麼都沒用。爲今之計，我們只有靠自己想辦法……」

「屍體已經冰冷了嗎？小孩子速度真快……啊，連螞蟻都聚過來了……」

「住口！」涼子大叫。「給我住口！」

「我說你啊，你還真有勇氣和這種女人搞不倫呢，沒其他更好的選擇嗎？」

「你說什麼？」

「別再掩飾了，這小女孩不是你的孩子吧？她一直叫你『叔叔』，難不成是那邊那女人要小孩叫自己的爸爸『叔叔』？」

「不關你的事！」

❷註：〈聖者進行曲〉（When The Saints Go Marchin' In），美國黑人葬禮時演奏的樂曲。

「真是自掘墳墓，既然這樣，你們會遭遇這種意外，就是老天爺的懲罰，我如果幫你們，就是忤逆天意了。」

「喂！別鬧了！這只是單純的意外啊！」

「是嗎？是天譴還是意外，可不是你這個罪人說了算的……」

男子話說到這裡，開始繞著車子周邊行走，一邊輕踹車子，像在確認車體強度。

「你在做什麼？」

「呵呵，這車子根本就是老天爺的傑作，說偶然也未免偶然得太巧奪天工了。」

男子回到我身邊，把手機擺在附近地上。

「你自己打吧，看是要打給警察還是哪裡都好，不過啊……你的車子現在是勉強被一小塊樹根撐著，如果失去平衡，你們兩人就會恩恩愛愛的往更下面……嗯，我想大概有一百公尺吧……掉下去。」

「手機給我！你擺在那裡到底有什麼打算？」

「太陽一下山，我就會帶著手機離開這裡。時間快到嘍……」

不用說我也知道。照耀山巒的陽光早已染上一片橙色。

「我會活下去！電話……把手機給我！」

「你真的是個『茶來伸手，飯來張口』的傢伙耶。」

我心一橫，解開安全帶；車體劇烈晃動，往河谷方向傾倒；前方擋風玻璃處的景色更加歪斜。我撐住身體，試圖把手伸向手機，卻還差十五公分左右。我再度扭轉身體，結果全身體重加諸在壓爛的肌肉與骨頭上，換來一陣劇痛；我緊咬牙關，痛苦悶哼一聲。
「沒用的男人，你媽可不會救你喲。」
「沒辦法，腳夾住了。」
「這樣啊，那就沒辦法嘍。」
「不行，我已經盡力了。」
「我幫你吧。」
男子起身離去。
這時候，一個畫面閃過我的腦海，我記得自己看過那身灰色的西裝。
就是他！在杳無人煙的休息站長椅上，以無神眼睛望著群山的男子！來這裡的途中，我們在那個休息站稍事休息，男子就坐在涼子和亞美旁邊。他看到上完廁所回來的我，露出膽怯的笑容，連忙坐到另一張長椅上去；那傢伙身上正是穿著灰色西裝和皮鞋。
「怎麼回事？」
「不曉得，他突然過來搭話。」
「嘻皮笑臉的傢伙，該不會是變態吧？」
「小聲點，會被聽到的。」
我催促兩人起身離開休息站。走出建築物之際，我抓過男人給亞美的果汁，狠狠丟進垃圾桶裡去。
撞擊聲意想不到的大。

「他在瞪我們。」

「有意見的話，就來找我單挑啊，我隨時奉陪。」

記得那時還有這段對話……

「涼子！妳不要動！車子很危險，可能會掉下去！」

涼子沒有回答。

「涼子！涼子！」

連呻吟聲都聽不見。

「啊——啊，脖子側邊裂開……看來沒救了。」男子突然開口。「沒想到血漬看來這麼骯髒，不過她不再開口真是謝天謝地，接下來就換我們兩個男人好好談談吧。」

「喂，拜託你幫忙呼救吧。」

結果一個四方形的東西拋過我面前：那是個彎成ㄈ字型的金屬棒，上頭有鋸齒狀的細鐵片刀刃。

「線鋸，用來鋸骨頭綽綽有餘，鋸吧，別客氣了。」

我拿起線鋸，手掌裡眞切感受到沉甸甸的重量與鐵的冰冷。

「瘋了……你這傢伙眞的瘋了！」

「你想證明人類的善良天性和勇氣，對吧？我不適合那麼光明磊落的形象，就交給你吧，大師，示範一下！」

我原想多罵罵他的人格卑劣，又想到這只是浪費時間，旋即作罷。我試著把線鋸抵向燈芯絨長褲——從左邊來？還是右邊好？……應該先擔心是不是真的能夠整個鋸下來吧？

我突然感覺到一股視線，轉過頭，卻只看見男人的鞋子。

「喂，如果你還在意休息站那件事，我向你道歉，我沒有惡意。你也已經好好報復過了呀！」

「你再繼續浪費女人和小孩的時間吧，滴答滴答滴答滴答……」

「你不會是說眞的吧？幫我把手機拿過來！」

「我才想問你該不會是說真的吧？」

「只要讓我打一通電話就行了！」

「你真的很愛擺架子吶。不動手，我就當著你的面把手機踩爛。」

抬起的皮鞋暫停在手機上方。

「你到底爲了什麼要搞出這整件事？」

「我想親眼見識英雄誕生呀。」男子轉向後方。「……這女人不行嘍，正在痙攣，像隻產卵後的鮭魚。」

我鐵了心，手狠狠一拉線鋸，感覺到刀刃陷入棉被的觸感，火燒般的疼痛在大腿上漫開；我大聲慘叫，卻沒停手。已經沒有退路了，要繼續鋸完還是停手？不能半途而廢！耳裡聽到彷彿削割融化冰塊的聲音；切口處的肉屑愈堆愈高，同時大量的血雨降落在我臉上。

「英雄！你是我們城市的英雄！」男子咯咯笑了起來。「噠啦、噠啦、噠啦！噠啦、噠啦、噠啦！」

「我要殺了你這王八蛋！」

我緊咬牙根、強忍劇痛，齒間發出詛咒般的喊叫。

「很感謝你有這份心，但我看你是辦不到吶！不快點一口氣砍斷，會失血過多昏倒哦，到時你們就全死定了，這座山裡有不少熊和狸貓，你們三人三天後等著一起從野獸的屁股後頭出來吧。」

鮮血像小便般從大腿間擴散，疼痛讓我知道接下來鋸到堅硬的骨頭了。我滿是鮮血的手重新握好線鋸；慘叫的同時，線鋸的刀刃如火車車輪般轉動。我要殺了他！要殺了這男人！……支撐我的手繼續移動線鋸的力量，不是爲了要救另外兩人，而是我一心想殺了這男人。

「動作快！失敗的話就前功盡棄了！這可是場不是全贏、就是全輸的戰爭呀！」

「混帳東西！我一定要殺了你！絕不讓你逃掉！」

「我沒打算逃啦，不過你也殺不了我。」

「哪管你怎麼抵抗，我一定要殺了你！」

「我才不會抵抗呢，對天發誓。」

在血雨及劇烈疼痛的交相攻擊下，我漸漸無法與男子對話。

在我幾乎快失去知覺之際，線鋸的刀刃突然不再遭遇抵抗，一條腿成功鋸下。我自斷左腿，身體順利跌落車頂；這時候車身大力搖晃，車頂翹起呈溜滑梯狀。我學著蛇的動作爬出車子，抓住手機。就在這一秒，有某個東西滑動，地面震了一下。我轉過頭，只見車子成了黑影，滾落到另一頭去。

山谷間響起兩三聲衝撞聲，然後恢復寂靜。

「涼子！」我大喊著，來回看看四周。

有個人在那裡。

就在我面前。

不是在休息站遇見的男人。

是個不曾見過的傢伙。

臉上表情像是在笑，但視線卻不是看著我。

剛剛看過的皮鞋，懸在距離地面二十公分左右的半空中。男人以一條細繩，將自己的脖子吊上橡樹，身子懸空。

灰色的長褲上留有大片失禁的痕跡。

痛楚消失了。我爬到亞美身旁躺下。

對於發生在我身上的事情，我找不到任何合理的解釋。

只知道一項事實——涼子和亞美已經死了。

我無心止血。

抬起臉，耳裡聽見往山上來的警笛聲。

是男人上吊自殺前打的電話嗎？……不過這都無關緊要了。

我摸著亞美的手，抬望滿天夕陽餘暉，深深吸了口氣。

山林的寧靜與大地的濕潤，眞舒服。
我從來不曉得，原來無意義的死亡，是這麼平靜安詳啊。

2

支解吾兒

咱們家有個怪物，就住在上樓左邊最後一間房間裡頭；高一百八十七公分，重應該超過一百二十公斤。製造者是我和我老婆；我釋放出的蛋白質基因體在老婆肚子裡結果，等那傢伙取得肉身後，待不了十個月就破他娘的子宮出世；回想起來，那怪物連出生的方式都很任性。我忘不了在婦幼醫院陪產的岳母打電話到我公司那一夜。岳母慌亂不已，只顧著大叫，完全不知所措，反而由護士透過電話告訴我，我太太胎盤剝離，肚子裡的胎兒已經呈現假死狀態。

「這情況稱作『胎盤早期剝離』，不快點把小孩弄出肚子，他會死掉。」

護士的冷靜聲音聽來彷彿一切與她無關。

「那就快點把他弄出來！那不正是你們的工作嗎？」

「……我們當然會把他弄出來，只是現在有一個問題——不能打麻醉。」

「為什麼？什麼意思？」

「母體全身麻醉的話，會影響到胎兒，特別是現在這狀況，胎兒恐怕會窒息死亡。」

「死掉的話還有什麼意義！妳是護士長還是一般護士？」

「我是一般護士，但這工作我已經做了十年。先生，要讓胎兒活下來的話，就不能麻醉。」

「那就別麻醉呀！又不是每個生孩子的都要麻醉！」

「話是沒錯，可是您太太的情況必須剖腹生產；上皮與真皮層能夠輕易用手術刀切開，問題是再往下的肌肉及子宮本身，必須動用外科剪才剪得開，那種痛，不是一般人能夠忍受的。」

我聽到一聲悶響：是岳母昏倒、撞到診間病床弄出的聲音。

「妳的意思是她必須在清醒狀態下，直接讓剪刀剪開子宮？」

「是的。」

「沒有什麼比較不痛的做法嗎？」

「有，只要您們放棄胎兒，施打全身麻醉，就可以免除疼痛。我明白這問題很難立刻做出結論，但無論如何您必須快點決定出一個方法……」

我請對方等一下，抽了支菸、仔細思考完，最後要她去問我太太本人，便掛了電話。擔心歸擔心，但又能如何呢？畢竟我現在是外派在紐約啊！

隔天早上，岳母在我紐約公寓的電話答錄機裡，絮叨著手術已經平安結束，但母子二人仍須靜養云云。

事隔三十三年，我愈來愈後悔當時的決定。偶爾窺到老婆洗完澡的身體；年過五十、滿是皺紋的肚子上現在仍像攀了條黃喉蛇——暗紅色的傷痕由陰毛延伸至肚臍，只有那傷痕沒有受到歲月催化，光澤耀眼得叫人不快。

老婆在子宮肌膜讓手術刀劃開前，都還能耐住疼痛，直到外科剪咬進子宮壁，一點一點割開肌肉纖維，她才開始發出令人毛骨悚然的淒厲慘叫，以及地鳴般的喃喃低語。據說那天晚上偶然與老婆同病房的另一位孕婦，隔天立刻轉往其他醫院去。而老婆的子宮也因爲這愚蠢的決定，再也不能使用；當時還以爲往後想再懷孕的話，剖腹生產就能解決了，卻沒想到子宮肌膜因爲外科剪切開的關係，再也沒有韌性承擔收縮膨脹，變成老天爺特地留給我們的沒用殘骸。

「你手上那型，大部分的骨頭都能處理。」身穿前掛式皮革圍裙的刀具店老闆開口：

「不用說魚，雞頭也可以輕鬆剁下，可惜刀尖比較不耐用就是了。」

「再粗點的骨頭可以砍嗎？」

老闆打開陳列櫃，由排列在紅色天鵝絨上頭的菜刀中，拿出最大的一把給我看；它的刀柄部分設計成便於手握的弧形。

「這把無論砍多少東西，刀刃都不會壞，因爲它是大馬士革鋼打造。我這裡還有氧化鈷陶瓷封膜刀，不過更好的東西，價格上當然相對會高一些；它的硬度只差鑽石一等；不是金屬，所以不用擔心生鏽，但必須事先訂購，等上幾天才能拿到貨。」

我含糊回應後走出店外，沒打算買。每次回家前過來逛逛刀具店、工具店，曾幾何時已經成了我的習慣。

打開暌違一個月的玄關大門——「你回來啦。」和江出來迎接。頭髮散在側臉頰上方，遮住又挨揍的瘀青。

這景象已經頻繁到我連一聲「怎麼回事」都懶得問了。

「型錄寄來了嗎？」

「來了，我擺在餐桌上。」

和江的拖鞋聲回到廚房去；她原本是個不表露情感的女人，現在卻似乎對那份型錄有什麼想法。

「……把他殺了吧。」上一次回家時，我這麼說。

和江手掌擦了擦和我一對的茶杯，回應道：「要動手了嗎……」

「妳和我也差不多忍到極限了，要殺他的話，就必須趁現在還有體力，否則再下去等咱們倆上了年紀，就殺不了了，到時候，可就眞的是地獄了……」

和江像洩了氣般深深嘆息。

接下來我們沉默了一陣。

「可是，恐怕會很費力，他一定會反抗的……」

「我已經有必死的決心。咱們不是一直想他死？所以必須先下藥讓他睡著。」

「下藥……他現在也會注意飯裡有沒有被下藥……這……可行嗎？」

「非想個辦法讓他吃藥不可，這可關係到咱們的性命啊，必須讓他確實吃下去才行。」

「下藥……下藥……下……有什麼方法呢……怎麼辦才好……」

和江抬頭望著骯髒昏暗的天花板。

兩人頭上正好就是兒子的房間。

「總之，咱們先確認彼此的共識……結論就是『殺了他』，沒問題吧？」

和江不發一語。

「怎麼了？」

「那孩子，曾在我臥病在床時，拿冰枕過來；才幼稚園中班而已，他卻自己搬張椅子踩上去、打開冷凍庫……」

「那件事……妳幹嘛突然舊事重提？」

「他老愛跟著我上超市，還常常幫我提採購的東西。一到夏天，他會幫我拿西瓜，說：『因為這是我要吃的。』……那時候他小學二年級，整張臉紅通通，拎西瓜的手掌和手臂上，留下西瓜繩子的紅色勒痕……」

「別再說了！為什麼要說這些？現在的他已經不同於那時候了！那時候的他已經不在了！所有善良的他都蒸發到別處去，只剩下沒用的成分了！現在的他，只是個人渣！」

和江扭曲著臉開始啜泣。

「這都要怪霸凌……是霸凌害那孩子變成現在這樣！那間國中太過分了，害他上高中後還是有陰影……」

「少學報紙上的胡說八道！高中聯考沒考好，只能念公立高中，是那傢伙自己的問題！別老是把責任歸咎其他人！還不是有人在學校被欺負，仍舊能考上高中？不甘心的話，就把那股怨恨當作動力，去念好學校、進好公司當作報復，這樣不是很好？很多人都是這樣啊！他卻連面對霸凌、轉化動力的勇氣都沒有，只知道逃避，結果呢？終究只換得一頓欺負罷了，動力？連聲屁都沒有！」

「你要喝什麼茶？」

「鐵觀音，熱的。過幾天型錄會送來，幫我收起來，別讓他看見。」

「型錄？」

「處理屍體用的菜刀和支解工具的型錄。買太多種只會浪費錢，我打算找一把就能夠處理所有問題的工具。反正只會用一次，必須考慮經濟效益才行，畢竟我們已經在那傢伙身上花太多錢了。」

「菜刀的話，我們有啊……」

收好茶杯，和江打開抽屜，拿出菜刀。

「豬腦袋！妳打算拿劈開兒子屍體的菜刀做菜嗎？」

「啊啊……也對……你說的是……」

型錄不過是一張薄薄的紙片，上頭刊載的工具只有兩種。

「這是鏈鋸嗎？」

「不是，這刀刃不會像履帶一樣轉動，是一般用來支解食用肉品的電鋸；美國常用這東西剖開吊在半空中的冷凍牛等等，不費吹灰之力。」

刀刃長二十公分的「五〇五—Q」型約重三千五百公克；刀刃長四十公分的「八〇八—R型」重約四千四百公克。

「這能鋸斷骨頭嗎？」

「刀刃每分鐘八千轉——這種速度，人類做不到吧？」

和江拿著老花眼鏡湊近紙面看。

「用途……『可自由直劈、橫剖、斜切、逆向砍，無論您想要開背、剖胸、分四份、想要切斷脛骨、臀骨、背骨、肋骨、帶骨腿肉，想要切成喜歡的形狀、切口，都能夠極其簡單、迅速、安全達成！』唉呀……開背剖胸是什麼意思？我可不想把那孩子直直劈開吶。」

「別盡想些無聊事！」

「十五萬元❶……好貴。」

「因爲這是業務用的機型，用來支解個數百頭牛，一下子就回本了。」

「我們只用一次就丟了吧！」

「考慮到我們還要善後，這把算來最符合經濟效益，不用找太多種工具，只要一把就可以搞定一切。兒子的身體那麼壯碩，不可能要咱們兩個老人家用手慢慢鋸吧？」

「我……沒意見……不貴，只要是爲了那孩子，這種價錢我也願意出。」

和江的雙眼開始緩緩一隻向左、一隻往右。

「咦？妳開始斜視了，又發作了嗎？」

「糟糕，傍晚他又揍我，所以我忘了吃藥……」

和江的腦袋側邊因頻頻遭兒子毆打，經常抽筋，於是醫生開了抗痙攣的處方藥，她必須一天服用三次。

「藥吃了。」和江露齒而笑；白色粉末留在她的唇邊。

「反正妳去和醫生說妳睡不著，盡量多收集一些安眠藥。醫院不是只有一家，多去幾家試試。」

我豎起耳朵，聽到二樓隱約傳來音樂聲；若有似無的音樂中混著外國人的不斷嘶吼，總之是很吵鬧的曲子。

「他最近怎樣？」

「還是老樣子。半夜我把飯菜擺著，隔天清晨或早上，門外就會看到端盤。他在網路上訂購的東西一送來，我就幫他擺在房間門口。他什麼時候洗澡我不清楚，不過可以確定上上禮拜用過浴室。」

「廁所呢？」

「大號在二樓的廁所，不過小號……」

「還是用保特瓶嗎……髒死了。」

「已經成習慣了吧。」

兒子開始繭居到現在已經半年，家人很少看到他；吃飯在房裡，洗澡、洗臉似乎都趁半夜父母睡了之後。二樓也有廁所，但這個豈有此理的傢伙只肯等到非得走出房間時，才會把積存在保特瓶內的尿液拿去廁所一次倒掉，或者乾脆直接丟進院子裡。

「他已經瘋了。」

❶註：本書中提到的金額均爲日幣。

「是霸凌的關係，受到欺壓……」

「夠了！」

「你要喝什麼茶？」

「茉莉花茶，熱的。」

我喝著茶，沒說話。二樓傳來男人的喊叫聲、金屬聲和不知名的聲音。網路加上手機……現在即使待在家裡，仍然擺脫不了與世界的糾結。從前哪兒有這種事？在我年輕時候，門內是門內、門外是門外，壁壘分明。然而時至今日，即使身處家中，仍然和待在門外一樣，家庭的本質因爲網路、手機及電動玩具而消失了。將來史學家回顧歷史時，一定會筆伐這些對人類的危害程度僅次於核彈的科學技術。

「不過仔細想想，那孩子不在的話，日子的確會好過很多。」

「別說些奇怪的話。」

「因爲他只會浪費錢啊……」

和江從擺放衣櫃的隔壁房間拿出宅急便的箱子。箱子裡頭裝著成堆沒打馬賽克的黃色書刊與電動按摩棒等，也就是所謂「大人的玩具」。

「這怎麼回事？」

「這些花了三萬吶。眞傷腦筋，一批接著一批來……」和江拿出黑色的電動按摩棒，打開開關，那玩意兒開始振動繞圈。

「連這種東西都買，幹嘛幫他付錢！」

「不付錢兒子會生氣啊，再說，宅急便的先生也會很困擾吧！錯又不在他們。我也不喜歡在玄關那兒推託爭論……」

「我才說妳是豬腦袋！竟然買這種東西！他以為我是為了什麼工作賺錢啊！」

「我又能怎麼樣？只有我一個人，又能拿他怎麼辦？我只有一個人啊！你老是不在，只有我一個人……一個人的我又能做什麼……我會怕啊……」

和江手遮著臉。電動按摩棒在她瘀青的側臉旁嗡嗡轉動。

「住口！別再說了……把那蠢東西也關掉！把它關掉！」

和江關掉電源，將死蛇般的按摩棒放進箱子；按摩棒發出廉價的聲音沉進箱底。這時，我的腦子裡突然感到一陣寒意……

「喂，」我知道自己的聲音沙啞。「什麼時候的事？」

「什麼東西？」

「那傢伙什麼時候開始買這種東西？」

「呃？從開始繭居時就買了，我知道你一定會發脾氣，所以一直沒說……你也要打我了，對吧？」

「不，我不是問那個。」

「我也是個人啊！被老公打，又被親生兒子打……我好命苦……」

「我問妳電動按摩棒啦！」我站起身。「他為什麼要買電動按摩棒？他是男人啊！」

隱瞞的事情露餡了！——膽怯、後悔、緊張、放棄的表情輪番在和江臉上出現，又一個接著一個消失。

「這是怎麼回事?」過去的報紙新聞與電視報導閃過我的腦袋，我的胃一陣緊揪。「妳一定知道吧……」

「是最近……電動按摩棒眞的是最近才買的，去年買的……」和江頻頻點頭，像在說給自己聽。

「幾個人?」

「什麼?」

「那傢伙的房間裡，現在有幾個人在?」

「兩個，那孩子……還有一個女孩。」

「幾時開始的?」我勉強擠出聲音，胸口逐漸難受了起來。

「去年底。」

「搞什麼!」

「要喝什麼茶?」

「不喝!」

「……你生氣了……生氣了，對吧?」和江站起身往後退向廚房角落，日光燈下的臉龐異常蒼白。「我又要被打了、又要被打了……你要打我了……狠狠打我……我的耳朵又要耳鳴了，骨頭又要吱嘎作響了……這是今天第二次……雖然我藥已經吃了，還是要被打……你要打我了、你就要打我了……」

和江屈著身子，莫名其妙地開始深呼吸。根本無法想像眼前的她，是三十多年前那個臉上映著初夏陽光、露出活潑笑容的女性；這裡剩下的，僅是脫下的殼、僅是殘渣。另外，在她對側牆上的鏡子裡坐了位老人；死人般的眼裡浮現絕望，過大的襯衫衣領與過瘦的身軀不相稱，脖子看來似被某種生物的喙子咬住。我伸手碰碰頭髮，鏡子中的老人也擺出相同動作。

「爲什麼沒告訴我？」

「我說過，說了好幾次，可是你都不聽。」

「混蛋！這種重要的事情，我怎麼可能聽漏？分明是妳沒說！」

「我說了！上次說了、上上次說了、上上上次也說了！」

「撒謊！不可能！」

「每次我在和你說重要事情，你都不肯聽，你自己也很清楚啊！」

我不自覺舉起手，和江立刻慘叫，奔進外頭走廊的廁所裡，把門鎖上。不論我怎麼叫喚、怎麼敲打，她都不回應。

我回到餐桌前，花了快一個小時才下定決心，起身走向二樓；爲了預防萬一，我帶著菜刀。一進玄關的左手邊，就是座簡單的木造螺旋樓梯；樓梯兩側的牆上貼著薄薄的象牙色壁紙；我不在乎價格昂貴，堅持選用明亮色系的壁紙，因爲咱們家與隔壁房子距離太近，陽光射不進來。這壁紙現在已被指甲、刀子、球棒割穿劃破到幾近面目全非，樓梯的踏板也多處碎裂，穿拖鞋走過仍免不了受傷。就算我準備轉賣這幢房子，也沒有多餘的錢重新裝修，只能夠以現在這屋況脫手，如此一來，非但建築物等同沒價值，還會拖累土地價格連帶變低。雖說處理掉那傢伙，咱們倆的老年生活也不見得明朗，但如果讓他繼續活著，我和老婆總有一天會落得曝屍於市的下場。無論如何，我都要避免這事情發生。

二樓的空氣凝滯不流通，充滿生鮮垃圾腐爛的餿味與塵味，感覺那味道似乎要滲進身體裡了。快抵達二樓前，我在往常避難的位置上停下腳步。音樂停止了，房裡傳出電視聲。我盯著眼前的房門看，胃部深處不舒服的翻攪，彷彿下一秒會有個手拿鐵鎚的巨大影子狂奔而出——「殺了你！臭老頭！」十年前，那傢伙從門內飛奔出來，一鎚打碎我的肩膀。「殺了你！你這王八蛋死掉算了！」肩膀的骨頭無法完全復元，要動第二次手術，我被迫必須常跑醫院，也因此失去了公司裡的職位。我的兒子早在那時候就死了。殺他的，不是我，是他自己。

我好幾次想出聲喊，又打消念頭。他不曉得我已經知道他綁架監禁女孩子。我好幾年沒上二樓來，更別提見他了；如果我突然進他房間，他搞不好又會誤會什麼而抓狂。最後我只探了探他的動靜，便回樓下去。走到一半，耳裡聽見幼貓之類的叫聲，我只當那是自己的幻聽，然那聲音卻深深嵌入我耳朵，怎麼揮也揮不去。

隔天開始，我又要出差一個禮拜。早上起床，昨天佔據廁所一整晚的和江似乎忘了昨天發生的事，表情輕鬆愉快的現身廚房；而我昨天夜裡卻必須在浴室小便。

「你要喝什麼茶？」

「鐵觀音，熱的。」我邊看報紙邊說。

「工具在我回來前應該會送來，小心點，把它藏好。」

「女孩子該怎麼辦？」

我沉默。

「交給警察？」

「蠢貨！交給警察的話，還不引起大騷動嗎？到時妳也脫不了干係啊！」

「我什麼都沒做呀。」

「窩藏犯人可是犯罪！犯人是妳兒子，妳卻沒舉發他，還協助監禁。被當作共犯，妳就等著進監獄了。」和江嘴巴圓張：「不會吧，我……都這個年紀了，還要進監牢嗎？我沒去過那種地方啊。」

「我有個想法，交給我吧。總之妳盡量收集安眠藥，記住了嗎？」

和江點點頭。

「那女孩現在還活著嗎？」

「應該活著吧，昨天垃圾裡頭有用過的衛生棉，我買了擺著的……」

「搞什麼！」我抓起旅行袋出門。

一個禮拜後，就在離家還有五分鐘距離的地方，有人出聲叫住我。那名三十歲出頭的女人行了個禮，提到老婆的名字。

「您是她先生吧？敝姓緒方，是校園問題的心理諮詢師。尊夫人和我談過不少事情，一開始她是因爲令公子的繭居問題來找我……」

「很感謝妳的協助。」

「不過我介紹令公子去的醫院告訴我，令公子最近都沒有過去看診。」

「啊啊，他已經恢復得差不多，現在在我朋友的公司工作。」

「我不是要問這個。只是認爲有必要對兩位說明，好幾次請夫人通知您，希望你們能一起過來，可是您似乎很忙碌，所以我現在正要去您家拜訪……」

「妳現在要做的，應該是打電話過來預約時間！告辭。」

我單方面斷然拋下那女人，轉身離開。這些傢伙硬推銷過來的善意，我已經受夠了！這些一帆風順的傢伙、以爲人性本善說在世間通行無阻的傢伙，怎麼可能了解我們的辛苦和拚命？現在這時候，最該離這種人遠一點。

「八〇八—R型」比想像中好用。

「只要扭一下這扳機就能啓動。接上那邊的捲軸延長線，就可以拿著在家裡各處使用了。」

三天前送到的工具，已經卸除包裝，擺在餐桌上。「很有機械感呢。」和江手裡拿著裝滿藥的袋子，滿意地點點頭。「那麼，要在哪裡支解屍體？」

「浴室。趁著白天時間動手。先跟鄰居打聲招呼，說我們要自己更換浴室壁磚。藥呢？」

「我到處要了不少。話說回來，咱們要在浴室裡待上一段時間才會順手吧？這樣子我會開始回想起過去的種種。」

「那種小事情忍一忍就過去了。把藥混進飲料裡，端去給他！」

「他會喝嗎？」

「想辦法讓他喝。我只請了三天假，今天晚上不動手把事情做個了斷的話，我的年假就用完了。」

「那女孩呢？」

「這麼做雖然可憐，布置成被那傢伙殺了吧。」

「咦？」

「也讓她喝下羼藥的飲料。」

和江搖搖晃晃癱坐在地。

「這是殺人啊……是殺人呀……」

「是，沒錯，我們接下來就是要去殺人！爲了往後能夠輕鬆生活，我們要去殺了親生兒子，以及陌生人的女兒，好換得幸福的日子。有什麼關係？每個人或多或少都是這樣子踐踏別人活下去的呀！只有這種人，才能夠得到幸福的人生！」

「你……瘋了……」

「不動手的話，我就離開這裡，拋棄妳和這個家……」

和江凝視著自己的手，最後只小聲說了句：「……我要。」

「什麼？」

「房間，我要那孩子的房間。那房間是家裡日照最好的地方。我想擺上花朵和各式各樣的裝飾。給我那房間的話，我就忍。殺了那孩子之後，我要那間房間。」

我執起和江的手，告訴她一切依她。

晚上十點，和江端著飲料上二樓。

兩個小時後，去偷看情況的和江，拿著空玻璃杯回來。

「看來他們喝了。」

「平常不會這樣的，真奇怪。」

我拿著準備好的繩子站起身。

「不會有事吧？」

「只要喝下藥，就跟死了沒兩樣。我會確定那傢伙睡著後再進去，到時再打暗號叫妳上來。」

和江順從點點頭。

樓梯大聲吱嘎作響。來到他房門前時，我再度感覺這屋子該修理了；走廊的木片地板一團糟；門旁的牆壁上殘留著和江的血跡及一些頭髮。一股怒意湧上心頭，我敲敲門。

沒有回應。

我豎起耳朵注意聽，只聽見細若游絲的啜泣聲。

「喂！你在裡面吧！是我！有話跟你說！出來！」

我沒聽見兒子的聲音，只聽見啜泣聲變大。我以身體撞門，這房子原本就蓋得隨便，撞了四次，扣住門閂的金屬框便彈飛出去。在打開這扇門之前，我費了多少功夫呢？

嘰——我用力推開喇叭鎖，門吱吱嘎嘎地開了。門內是灰塵與異臭的巢穴，裡頭到處掛著蜘蛛網、溢滿垃圾。房間盡頭書桌上的檯燈仍然亮著，一個長髮人影趴在桌前。另一側角落，一名半裸身子的女孩嘴巴被塞住、眼睛驚恐大睜，被手銬扣在雙層床的床柱上。我一靠近，女孩立刻悶聲哀嚎，開始掙扎。

「沒事……別緊張。」我對女孩這麼說，一邊重新拿好手上的繩子，伸手摸向書桌前兒子的身體。

下一秒，我注意到兒子身上有個東西閃閃發光。

那是早已生鏽的刀柄。

從衣服外頭也能感覺出兒子身體的僵硬。我一碰他，他便失去平衡，從椅子上摔落地面，弄出聲響。那是我不曾見過的臉——不對，他的確是我兒子，只是臉頰萎縮如風乾橘皮，眼窩只剩黑漆漆的空洞。

兒子成了乾屍。

——我要殺了你，臭老頭……

背後彷彿傳來兒子熟悉且陰沉的聲音。

我聽見女子的尖叫聲與激烈的馬達聲，轉過頭，只見和江正拿著「八〇八—R型」朝我揮下。

3

只吃一口就……

「我剛剛綁架了妳的女兒。」
某天傍晚，我打開門，一名男子這麼對我說。
「咦？您是哪一位？您剛剛說什麼？」
「我只說最後一次，不會再說了，妳注意聽好……我剛剛綁架了妳的女兒。」
男子，或者該說老人臉上微微一笑。
「您眞愛說笑……」我不曉得自己接下來該說什麼。
男子緩緩搖頭，拉著大型行李箱走進玄關，把門關上。
「我是說眞的。」男人伸出手。「今天是學校運動會的補休日，沒錯吧？」
男人手裡拿著繡有女兒名字「薰」的手帕；那的的確確是中午過後，她說要去朋友家玩時，我讓她帶在身上的手帕。
「你想做什麼？把小薰還來！」
我不自覺近乎慘叫的大喊。
男子舉起手制止我。
「大聲喊叫不太聰明，我被逮捕的話，你們的女兒就永遠回不了你們身邊了。」
我當場癱坐在地。
「起來吧，太太，妳這樣做，對妳女兒一點幫助也沒有。」
「我該怎麼做才好？錢嗎？」
「我一毛錢也不要。」男人像聽到什麼蠢事般的搖搖頭。「只要妳幫我做件事。」

「什麼事……？」

「妳先站起來。」

我站起來後，男人拖著行李箱走在我前頭，往屋子裡去。

「嗯，名人的家果然不一樣。」

男人站在客廳中央，環視兩廳一廚的房子，感慨萬千的說。

「只是外表好看罷了，畢竟住的還是一般公寓大廈，我們沒賺那麼多。」

「這樣嗎……」

男人走進廚房，打開抽屜，拿出菜刀，拇指摸摸刀刃，試試鋒利程度。

「不出我所料，工具也媲美專家，每一樣都很完美。」

男人凝視著我，臉上有些發紅。

我感覺到那抹紅帶有幾分憤怒。

「不曉得材料夠不夠？」

男人來到冰箱前。

「奇異的呀，這台多少公升？」

「這個嘛……那是我先生買的，細節我不清楚。」

「六百……嗯，應該有七百公升吧。」

男人打開對開式冰箱門，看看裡面，由上到下依序檢查冷藏室、冷凍室、零度C冰溫保鮮室、蔬果保鮮室。

「小薰她人現在在哪裡？」
「妳先生自己也做菜嗎？」
「拜託你別對那孩子動手！她是我接受不孕症治療，好不容易才得來的孩子！」
男人嘆口氣。
「太太，我打算很紳士的處理整件事情，否則我大可採取其他方法，譬如把妳綁在那邊那張椅子上，拿鑽孔機在妳膝蓋骨上開個小洞，打發時間，或者削下妳的鼻子、拿剪刀剪下妳的舌頭。」
「想都別想！」
「是嗎？即使我告訴妳，這樣做，妳女兒就能平安回來，否則妳永遠別想再見到她？」
我坐在比客廳高一階的和室邊緣，開始哭泣。
「妳有兩條路可以選擇，我保證只要妳聽從指示，我就不會亂來，而且一定會把妳的女兒送回來。但倘若妳違反其中任何一項，一切到此結束。全部端看太太妳的表現了。」
「……你這麼做，一定會被警方逮捕！」
「或許吧。不過就算眞變成那樣，我也絕不會透露妳女兒的行蹤。警察先生究竟能不能平安保住妳的女兒呢？咱們拭目以待吧。」
「太過分了……你到底爲什麼要做這種事？」
男人離開冰箱，來到我面前。
「我想再一次爲妳先生做道美味的料理。」

我老公是當紅的料理評論家，是目前各方報紙、電視、講座等爭相競邀的紅人。
「我的心願只有這個……只有這個……」
男人反覆說著，低下頭。
「我先生說了什麼話影響到你的店或者工作嗎？」
「這點妳要自己去問妳先生。」
男人回到廚房，開始查看冰箱裡頭，接著了然點點頭，站起身，說：
「我們去採購吧。」

超市裡，我拿著購物籃，男人把馬鈴薯、紅蘿蔔、洋蔥等擺進籃子。
「哎，妳好。」
來到生鮮區時，突然有人出聲對我們說話。
對方是女兒同學的母親。
「妳好。」
男人先我一步點頭打招呼。
「小薰的爺爺？」
「呃，是啊。」
我含糊笑了笑，盯著對方的臉。
眼角看到男人正注視著我。他嘴上雖掛著笑容，目光卻猶如準備捕蟬的螳螂。

「怎麼？我的妝太濃了嗎？」

對方輕聲笑了起來，男人也跟著哈哈乾笑。

「啊，對了，中午左右，我看見小薰正要去早紀家。」

我感覺到男人深深吸了口氣。

「我家小孩也去早紀家一起打電動，卻說沒見到小薰。」

「是啊，那孩子因爲身體有些不舒服，半路上就回來了。」

「哎呀，這樣啊……可是她的腳踏車還擺在早紀家的大樓停車場那兒耶！」

一瞬間，我身體裡的某個東西崩塌了。

我眞想就這麼蹲在現場大哭；這股衝動充滿我的全身，就快操控住我了。如果眞這麼做，女兒鐵定回不來，但我眞的已經忍到極限、快不行了……

「太太，我正好遇見我孫女，她說肚子痛，我便要她把腳踏車留在那兒，開車送她回家了。當然之後我們會去把車拿回來。」

男人介入我和她之間，說完，便告辭，領著我往冷凍區離去。

「等一下如果又遇見認識的人，裝作沒看見，或者簡單打聲招呼就好。」

男人的嘴唇顫抖。

額頭上的汗水完全無視冷氣的強烈，不斷濕淋淋地滲出來。

「坐下。」

男人這麼命令完後，走進廚房，換上廚師帽與廚師服，從行李箱裡拿出壓力鍋、菜刀等做菜工具，以及一整套調味料，完成前置準備。

他在廚房看得見的地方放了張椅子，要我坐下。

除了有個男人待在廚房之外，家裡沒有任何不同。

擺在對角線處的大型電視上、角落的觀賞用植物盆栽上、和室壁龕的架子上，都掛有小薰摺的紙鶴。這一切情景和昨天……不，和今天早上沒什麼兩樣。

不知道內情的人看見，八成只會以爲是人氣料理評論家的妻子請廚師到府服務。

過了一會兒，我聽見平底鍋煎肉的滋滋聲。

男人手法利落，明顯看得出他是位專業廚師。

從他突如其來造訪到現在，已過了五個小時。

我想設法聯絡上老公。

他昨天剛從外縣市回來，今天一整天都在市內拜訪、接受訪問。

我和老公是學生時代在打工的便利商店認識。

當時他是兼職人員。說老實話，我對他的第一印象很糟糕。

整個人陰沉晦暗，很難叫人記住。

只知道他是店長的朋友，其他一概不清楚。

我在那裡打了半年工後辭職。

多年後，我爲了食品產業情報誌外出採訪時，我們再度相遇；他正好是我準備採訪的料理研究家的助手。
直到他出聲和我打招呼，我才知道他是之前打工時見過的那個人，由此可以想見他的改變有多大；打工時遲鈍笨重的胖呼呼體型轉為精幹，頭髮也剪短了，整個人清爽乾淨。
老實說，我沒想到他這麼好看。
他似乎看到我的名片時就知道是我。
我當時已經有交往對象，即便如此，他仍不顧一切地熱烈追求，最後我被他的熱誠打動，開始和他交往，沒多久就嫁給了他。
當時正值泡沫經濟時代，原本擔任助手的他，漸漸也在媒體前嶄露頭角，以個人獨特的感性及敏銳的味覺技壓群雄，闖出一片天。
「我的舌頭遍嘗人間味」——這是他的招牌口號，在潮流的推波助瀾下，他成了地位無可動搖的美食評論家。
受歡迎的原因之一，是他的評論毫不矯飾，無論該料理人多麼知名，只要他認為難吃，就會毫不留情地尖銳糾舉。
也因為這緣故，導致不少名店歇業，其中多數長年頂著老店招牌、大模大樣的經營。不過一般大眾相當支持他。
既然如此，當然免不了樹敵眾多。
遭到他毒舌批判的料理店、餐廳之經營者和料理人，甚至被他奪去工作的同業……這些人的怨恨與他的名聲，已經勢同水火。

過去也收到不少恐嚇信，或包括無聲電話在內的惡作劇電話。我們家的電話、住址當然沒有刊載在電話簿上任人閱覽，但只要和相關產業沾上邊者，大致都有法子弄到我們家的聯絡資料。

話雖如此，我卻不曾想像，眞有人連綁架我們女兒都幹得出來。

料理人中有不少人視工作爲人生的全部，這點憑我在業界情報誌工作的經驗，以及老公的談話中，早已充分了解，因此能夠想像他們的能力遭否定時，有多憤怒。只要一想到，有時甚至會感到背後一陣涼。

我原本一直認爲，這一切終究不會跳脫料理規則，大家會乖乖在規則內鬥爭。

然而眼前這男人的所作所爲，已經完全脫離規則，甚至捨棄了自己身爲料理人的未來。

即使捨棄一切，也要做出讓老公說好吃的料理，才肯罷休；只爲了一句話，拋下自己的職位與今後寶貴的人生，有必要嗎？

我無法理解。

這才注意到屋子裡已經完全暗下來。廚房的燈仍亮著。

「剩下的，只要等它入味……」

男人低聲說完，走出廚房，拿了張椅子在我面前坐下。

「我問你，只有這種方法嗎？」

我問。

男人聽到我的問題，挑挑眉，似乎很意外，陷入短暫的沉思中。

我站起身打開燈。

「明明有人在，屋裡卻黑漆漆的，反而會讓人起疑……」

「除此之外，別無他法……」

男人瞪著我。

「沒有人在這種情況下被迫吃下東西，還會說好吃的吧？再說，假使說了好吃，你真的會相信嗎？」

男人沒有回答。

屋子再度陷入一片沉默。但，我注意到男人在笑。

「有什麼好笑的？」

「他不可能說『好吃』。如果說了，就證明他是妖怪。」

「可是，那不正是你的目的嗎？你做的菜會被我先生貶得一文不值，才會想出這麼卑鄙的報復手段，不是嗎？」

男人看著窗戶，似乎沒聽進去。

「我國中還沒畢業，就進入料理的世界。當時環境的嚴苛，是今日比不上。我那時還常被師父用刀背打。後來總算和學徒時認識的女孩子共組家庭，開了間自己的店，沒想到卻門可羅雀，過著有一頓沒一頓的日子，擔心明天該怎麼辦、後天該怎麼辦……睡覺時也滿腦子操心下一餐有沒有著落。那時候我想到了『燉牛肉蓋飯』，用濃濃的牛肉醬汁燉煮五花肉塊，煮到軟爛後蓋在飯上，果然大受附近學生歡迎，我和老婆也很開心，單純的以爲我們會這樣順利走下去，豈料……」

壓力鍋傳來蒸氣流瀉的聲音，屋子裡充滿燉肉的香甜味。

「燉肉對我而言原本是幸福的象徵，卻突然結束了。」

男人正面凝視著我，說：

「知道爲什麼嗎……？因爲我最重要的獨生女被殺了，犯人正是經常光顧我們店裡的國中生。他不但把我女兒勒死，還性侵她。一臉天眞無邪的模樣，竟然做出這麼恐怖的事情……」

遠處傳來警笛聲。我期待著是女兒偶然被救出，期待卻落空，警笛聲遠去，最後終至聽不見。

「我老婆從此失去生存意志，我們仍然必須活下去。我莫名湧起一股不願被那殺人犯摧毀人生的志氣，於是把店遷到新土地上重新來過。那段時期眞的是地獄啊。」

男人輕輕嘆口氣。

我沒有被打動或感動，只對眼前這個綁架他人女兒、嘆息自己女兒死亡的奇怪生物，感到不可思議。

「十年……地獄般的生活持續了十年，好不容易店裡的生意能讓我們倆夫妻不至於餓死。」

男人話說到此停住。

「我能夠了解你的境遇，但我先生絕不是惡意擊垮你們的店。」聽了我的話，男人抬起臉來淺淺一笑。

「妳什麼也不知情。」他站起身，回到廚房。跟著，手拿裝了燉肉的盤子回來。「這是要給妳先生吃的，不過在那之前，妳得先嘗嘗……」

餐桌上的盤子裡，散發出燉肉慣有的香味。

調理包的味道……老公最討厭的味道飄了過來。

「請嘗嘗。」

我聽男人的話，拿起湯匙，先舀了口燉肉醬汁送進嘴裡。隨處可見的口味，沒有絲毫過人之處。這道燉肉足以證明眼前的男人只是個二流廚師。

接下來，我拿起叉子，試試煮得熟爛的肉塊。

肉質乾巴巴，味道也怪。乍看之下似乎是高檔肉，事實上八成是肉品批發商那兒買來的劣質貨。我在心裡嘆息——這種料理，老公怎麼可能認同？有女兒當作人質，老公或許不至於破口大罵，但我看他是沒可能撤回以前批判過的那些意見……我的心裡突然湧上一陣不安。

只吃了兩塊肉，我便放下叉子。

「不合妳的口味嗎？」

「我沒什麼食欲。」

男人冷哼一聲，這時候門鈴突然響起。

「我先生回來了。」

我正準備起身，男人敏銳的低聲說：「自然點，吵鬧的話，妳女兒就沒命了。」
我打開門，門外的人正是老公。我忍住湧上眼眶的淚水，先一步進屋子裡去。
「怎麼了……」踏入客廳，老公話說到一半停住。
餐桌上已經備好燉肉，男人站在那裡。
「你是什麼人？」
老公看看我和男人，瞬間察覺到不對勁，正準備上前抓住男人衣襟……
「想要你女兒死的話，儘管對我出手吧。」
「你說什麼？這是怎麼回事？小薰在哪裡？」
老公轉過身，我告訴他男人綁架了小薰。
「你到底有什麼目的？我根本不認識你！」
男人的眼裡閃著銳利的光芒。
「自以為是的話就省了。要你女兒活命，就坐下來把那給吃了，大師。」
聽到男人強硬的語氣，老公選擇姑且坐下。
我也在他對面坐下。
「把那盤子裡的東西吃完，我就放你女兒回來。」
男人回到廚房，裝了杯水喝乾。
「你去過他的店嗎？」
「我連見都沒見過他！不曉得小薰有沒有事？」

「他自己說的，看來不像在撒謊。」

老公嘗了一匙燉肉醬汁後，皺起臉來。

男人雙臂抱胸，愉快觀賞著老公的反應。

接著，老公叉起一塊肉，送進嘴裡。

下一秒，只嘗了一口肉的老公突然發狂，發出野獸般的怒吼掀翻桌子，拖過廚房裡的男人猛烈痛毆。

「住手！小薰、小薰會死掉啊！」

我眼見男人面對老公的毆打毫不抵抗，上前想拉住老公的手，害怕老公把他殺了。

「你竟然、你竟然殺了我女兒！算你狠！你有種！」老公哭了。

「什麼？怎麼回事？老公，你在說什麼？」

「畜生！王八蛋！」

我立刻衝到電話旁報警。冷靜想來，這實在不是明智之舉，但我無法眼睜睜看著快沒氣的男人繼續被痛毆。

「唔哇！」男人吐出大量鮮血。「我的女兒也被吃掉了呀！」他閃避揮來的拳頭，對著我大喊；從他滿是鮮血的嘴裡，溢出香檳般的泡沫。「我的女兒也被那名殺人犯吃了！記住！別忘了！」男人突然像斷線般，動也不動地閉上雙眼。

……老公殺人了！

我慘叫，旋即失去意識。

小薰被監禁在公寓裡頭的一間房間。男人的行李箱中留有寫著住址的紙條。悲慘的是，小薰的臀部被銳利的刀子割下一塊肉。

小薰從此不良於行。

警方將壓力鍋裡剩餘的肉片帶回去做ＤＮＡ比對，結果除了總重量減少若干外，可以確定那是小薰的肉。聽到當時，我立刻吐了起來。

小薰作證，說男人在割她的肉時，邊哭著邊道歉。

「他一直說著對不起、對不起……」

男人在廚房喝水時，應該正服下自己帶來的毒藥；警方趕到時，他早已氣絕身亡。

老公對男人的暴行，最後獲得不起訴處分。男人的身分至今仍是個謎。媒體大幅報導整起事件，讓老公愈加受到矚目。

聽說最近愈來愈多機關團體邀請老公暢談「犯罪事件受害者的心理輔導」等主題。

我從這事情之後，患了嚴重的厭食症；雖然進展緩慢，現在已逐漸恢復中。

我們一家三人在河畔堤防上散步，沐浴著溫暖的陽光，事件彷彿是很久很久以前的事了。

女兒支著拐杖，老公扶著她。我相信女兒一定不會有事。

至於我呢……只有一件事，宛若拔不出的刺，始終卡在我心裡。

每到深夜，女兒回房間去，只剩下我們夫妻倆獨處時，凝視著老公的睡臉，那根刺，就會湧上喉頭。

刺。

總有一天，我會問出口吧，等我無須再瞻前顧後那天到來時，我會開口：

「老公，爲什麼那時候你只吃了一口，就知道那是小薰的肉……」❶

❶註：主角先生的招牌口號「我的舌頭遍嘗人間味」亦有「我的舌頭嘗過人肉」之意。

4

老媽與齒輪

「阿廣……」

手機裡茶子的聲音怪得令人毛骨悚然。

「時間很晚了……我會被罵……」

現在是晚上十點，已不算早；男朋友在這不算早的時間打電話給女朋友，應該沒關係吧？想到這裡，我又覺得時間不算晚。打了電話後，茶子的聲音叫我掛心。

「……我沒事，阿廣……好痛……」

手機斷訊。

我趕忙重撥了好幾次，茶子卻不再接聽——只要再聽一次她的聲音就可以放心，但我聽到的卻是「您所撥的號碼目前無人回應……」——全日本最滑稽可笑的女人聲音；那冷感的女人妨礙了我們，卻若無其事。

我抓起老媽和自己的錢包奔出家門。事後回想起自己的行徑，我仍是一點也不後悔。老媽錢包裡的十萬元，八成準備用來供養和尚。我的補習費都籌措得很勉強了，那個臭老太婆竟然還能送幾百萬給和尚？眞搞不懂。趕上電車，焦慮不安地來到茶子家所在的車站——因爲她說「好痛」。那不是普通的「好痛」，而是說了「我沒事」之後的「好痛」，意思不就是「痛得快死」了？

再加上茶子現在和父親兩人同住；那位父親並非茶子的親生父親，而是親生母親第二次再婚時嫁的對象；他是位刺青師，體重有一百二十公斤左右，不曉得受到什麼宗教影響，頭髮高綁到頭頂上，看來像隻角，因此我叫他（當然是私底下）「哥梅斯」，就是「超人力霸王傑克」❶DVD中登場的古代怪獸。哥梅斯後來被嬌小的原始怪鳥利多拉殺死。

茶子的母親和年紀比自己小（話雖如此，也已年過三十）的地方巡演演員私奔。

哥梅斯不但高聲公開表示「家人就是父親的沙包」，也確實言出必行。茶子轉學來的第一天臉頰腫脹，第三天手臂出現大片瘀青，第五天一邊腿不良於行，第七天戴上眼罩。如果舉辦全國高中受虐兒大賽的話，茶子早就優勝了，班導卻完全視若無睹，當她是透明人。班上同學也是。只因爲茶子轉學來沒多久、模樣又陰沉嗎？廢話！別人是每天吃飯，她是每天嘗拳頭啊！有可能擺出爽朗的表情嗎？我完全明白，因爲我家死掉的老頭也是如此。

幸好我家老頭被知名運輸公司的卡車輾斃，苦難才告一段落；我和老媽拿到他下輩子也賺不了的龐大賠償金，以及供我念到大學畢業的學費。而茶子卻是受虐中。家庭不是避風港的人，猶如始終盤旋空中、尋找陸地的海鷗，無論做什麼都提不起勁；看在其他幸福海鷗的眼裡，只覺礙眼。於是茶子不曉得什麼時候已被班上同學列入「教訓名單」中。

茶子家位在鬧街角落一幢大樓裡；大樓像窮人吃的蛋糕一樣單薄。一樓是韓國料理店；二、三樓是麻將店、馬殺雞店、代書事務所；四樓是哥梅斯的刺青店；五樓是掛了塊亮光漆名牌的某某組；六樓是茶子家；七、八、九樓我沒上去過，信箱上也沒寫名字。

❶註：「超人力霸王傑克」，是日本知名特殊攝影連續劇「超人力霸王」（ウルトラマン，台灣原譯「鹹蛋超人」）系列作品之一，原名「ウルトラマンQ」，一九六六年在日本上映時，還未出現「傑克」之名。古代怪獸哥梅斯（ゴメス）與原始怪鳥利多拉（リトラ）爲首播時登場的怪物角色。

房門敞開著，一進門，就聽見哈密瓜落地的聲音。

茶子脖子被勒住、滿臉通紅地倒在客廳地板；哥梅斯騎坐在她身上。我根本沒考慮輸贏，第一個反應就是衝過去撞他。豈料哥梅斯的身體遠比想像中要厚實，我像撞到牆壁的網球，反彈滾到鋼琴底下。我睜開眼睛，抬眼死瞪著抓住我脖子的哥梅斯，接著臉上遭遇到炸彈爆開般的衝擊，伴隨劇痛及頭暈目眩，彷彿一口氣吃下了整條芥末醬。我的鼻孔噴出熱熱的液體，是鮮血。哥梅斯快速抓住我被打飛出去的腦袋，給我一記頭槌。

光是這招職業級的攻擊招式，就讓我失去戰鬥意志。我的精神力量實在無法又要忍耐落在臉上核彈等級的痛楚，又要爲了愛與正義而戰。哥梅斯的拳頭從襯衫外頭抓住我的胃，打算一舉捏碎。肚子快被扭下了。我邊喊叫邊像個蠢蛋似的晃動身體。

哥梅斯在冷笑……怎麼會這樣？我這麼痛苦，他才用不到五成力嗎？這時候茶子一邊叫一邊跑過來。我看見她拿著剪刀。「咚！」感受到一股衝擊，哥梅斯瞬間停住動作，下一秒，茶子遭打飛，像塊墊子輕飄飄摔向房間角落。哥梅斯放開我。我倒在地上嘔吐。

我和茶子四目交會。都這種時候了她還在笑。哥梅斯冷不防踩住茶子的後腦勺。茶子的腦袋發出貝殼碎裂的聲音，然後我便消失在她眼中；茶子對著我的眼睛，就像充滿雜訊的傳統電視或突然成了冷光顯示器，看不到我了。

我起身纏住哥梅斯，雙手順利鎖住他的腳。他重重摔倒在地。茶子仍舊趴在地上動也不動。我站起來準備逃走，腦袋卻被抓住，順勢撞向牆壁，臉頰發出被濕毛巾打到的聲音，讓我想起從前老媽打蒼蠅的畫面。接下來我就失去意識了，我的身體八成不再是我的，而成了哥梅斯的玩具。

回過神時，發現有人在搖晃我。昏暗走廊的天花板底下，有個人影在我面前。要被打了——我下意識縮起身子，眼前的人豎起一根手指要我冷靜。是茶子。

「阿廣，我們快逃！」

我沒有多問。聽到這句話就夠了。我和茶子一起逃出去。

「幫我看看我鼻子裡有沒有跑出新幹線來？」

「你的鼻子沒那麼寬啦。」

「被揍得亂七八糟……我現在的樣子很像Guts石松❷吧？」

來到大馬路，搭上計程車，隨便要司機載我們去個地方。我原本想帶茶子去茅之崎，因為茶子說想看海，但司機從照後鏡裡偷瞄的眼神讓我不快，於是我們半路上就下車了。

現在我們坐在平價的中華料理家庭餐廳裡。去小便時，我突然看到一張和著鮮血、樣子像漢堡排的臉，嚇得放聲大叫；對方也嚇了一跳，從鏡子裡看著我。小便呈黑色。想到小便混著血，就覺得可怕。

「你的臉看來很痛耶！」茶子說。老實說茶子的臉也是一片烏青，連嘴唇都紫了。

「燙燙的，不是太痛。剛剛摸摸嘴唇，感覺好像在耍弄別人家的房間門把，搞不好現在

❷註：ガッツ石松（Guts石松），前WBC世界輕量級拳王，引退後，現為大學教授及藝人。

可以整個扯下來。」

「別鬧了。」茶子握住我的手。我們並肩坐著，所以我能夠觸摸她的身體。醜陋冷漠的女服務生不耐煩地嘖嘖出聲，放下咖啡。看樣子她是見不得我們恩愛。我點了杯便宜咖啡。想到要拿起來就覺得累，結果一直擺著沒動。我的嘴裡此刻猶如火山熔岩，慘到不行。我們兩人嘆了快兩個小時的氣，閉上眼睛，握著彼此的手，然後走出家庭餐廳，再度搭上計程車。路上看見愛情賓館，決定在賓館過夜，便下車往回走。我和茶子的外表看來都不像高中生。幸好半年前退出了棒球隊，那時的我是小平頭。

住進賓館，放了不太熱的熱水泡澡。

我先進去，接著是茶子。

茶子圍著浴巾的胸前有隻蜥蜴。那是哥梅斯刺上的。蜥蜴正好位在左右兩個隆起物中間，樣子彷彿從天花板上掉下來停在那裡。

她在學校裡總是拚命掩飾那隻蜥蜴的存在。我之所以偶然看見，是因爲某次體育課忘了東西回教室去拿，正好撞見茶子從我的桌子拿出錢包。

「妳常做這種事嗎？」我一問，茶子用力搖頭。「還我。」伸出手，茶子不發一語地遞出錢包，接著自己解開襯衫鈕扣。解到第二顆時，我阻止了她；吐司麵包般雪白柔軟的肌膚，從大尺寸的胸罩裡滿溢出來。可是吸引我目光的，是上頭的「蜥蜴」——就在她不知所措彎下腰時，被我看到了。我答應不對其他人說，她同意讓我近距離欣賞那隻蜥蜴。哥梅斯在刺青方面也是高手。那隻蜥蜴彷彿轉印上去般。我無意識地舔了那隻蜥蜴想讓它更生動，舌頭一離開，只見蜥蜴淺黑色的背上濕淋淋反著光，好像快動起來了。從那時候起，我和茶子開始了高中生應有的純潔異性交往。

「身體好沉重喔……」回到床上來的茶子懶洋洋的小聲說。她的身體好冰冷。摸摸她脖子後頭哥梅斯踩過的地方，骨頭的位置感覺不正常。

「不痛嗎？」

「不要緊。」

我信了她的話，閉上眼睛。腫脹的臉部像演奏中的木琴一樣，跟著每次心跳搏動。我睡不著，茶子也是。我們不斷地不斷地翻身和嘆息。

隔天早上天還沒亮，我們離開了賓館，走到車站，搭上第一班電車，準備前往茶子想看的海邊。在電車上，我發現好像有什麼東西流出茶子身體——最初原以爲座墊本來就是髒的，換了兩次車後，我發現茶子還是沾到東西。

「手好像怪怪的。」茶子看著窗外的景色，一面反覆張開、握上手掌。這麼說來，我今天早上也覺得手指間有點奇怪，感覺很不踏實。這種感覺愈來愈強烈。「好奇怪喔……自己好像快冷掉的年糕……」

曾想過應該去看個醫生。我的臉變成紫黑色，腫脹還沒消退，去看醫生似乎不是個好主意。我讓茶子決定；茶子也是面帶死灰。

「我想看海……」

於是我們依著她的意思，在海濱車站下車，往沙灘走去。時間還不到七點，夏天的陽光已經曬燙我們的頭髮。我們直接坐在沙灘上望著海浪。衝浪手像蝌蚪般湧現，他們搖搖晃晃地隨浪滑行；遠處有艘郵輪通過，眼前漁船來來去去；一大早不少人牽著狗散步，還有學生悠閒走過。

我們在便利商店買了兩個麵包和果汁，卻吃不下。

「沒有味覺。」我吐出食物，茶子也點點頭。

「肚子不餓。」我躺下，茶子將她的身體借我靠。這時候我終於找到剛剛一直在意的味道來源。茶子身上的強烈花香幾乎勝過潮汐的味道。

「我們接下來該怎麼辦？」

「我會被送到社會局之類的地方吧？那個家我已經不想回去了……」

「還剩下六萬元。」我看看錢包裡面。「夠我們自由個兩三天。」

「這樣啊。」茶子落寞的點點頭。

我們在沙灘上躺到傍晚時分。明知道自己還有其他事情該做，可是只要躺在茶子肚子上、大腿上，我就覺得其他一切都無關緊要了。我伸手擋住夕陽光，突然注意到手指末端是紫色的，就像死人的手指一樣。碰碰右手食指，指甲鬆動，似乎可以輕易拿下也不覺得痛。

（這是怎麼回事……）我身體深處湧上一股不舒服的感覺。

「怎麼了？」發現我不斷看著手掌，茶子開口問。

「沒事，沒什麼。」

「阿廣，有件事情我應該要早點說的……」

「說什麼？」

茶子坐起身，開始動手解開襯衫扣子。

「喂……」我話說到一半，出手打算阻止，茶子從襯衫縫隙讓我看她的皮膚；原本雪白的肌膚不見了，在那兒的是如橡膠般的淺綠色皮膚。

「手，借我。」

我伸出手，茶子拉著我的手往襯衫裡探去，我摸到比汗水更黏稠的觸感，也摸到了肉的裂口。我的手指在探索裂口時，茶子始終閉著眼睛。膿血沾上了我的手指。

「我受傷了，被那傢伙深深挖了一個窟窿。血已經不流了，對吧？」

「妳得去看醫生。」

聽到我的話，茶子緩緩搖頭。

「受傷的是我的『體腔』，裡頭現在什麼都沒有了。」

「什麼意思？」

「我已經跟死掉沒兩樣，再加上潰爛。」

我定眼看著茶子，明白了沾在電車椅子上的物體到底是什麼。

「我的眼球開始變白了吧？剛剛還黑白分明的。」

她說得沒錯。中午過後，茶子的眼睛變得像老人一樣，黑眼珠的邊界模糊了，整個眼睛像蒸荷包蛋一樣混濁。

「應該也開始發出臭味了吧？從剛剛開始就有不少蒼蠅跟著我。」

「如果妳跟死掉沒兩樣，我也差不多吧？我被打得可比妳慘呢。」

我讓她看看變色的手指。茶子一開始驚訝地盯著我的手指看，最後微微笑了起來，說：

「能夠和阿廣一樣，真開心，可是，對不起，拖累了你。」

「我已經對一切厭倦透頂，不管是老爸或老媽，看到那些傢伙，我就覺得活著眞累。所以這對我來說，正好是個機會。沒關係，我們一起腐爛吧！還剩下六萬，我們以人的身分把錢花個精光，再找個沒人的地方等死。」

「嗯。」茶子把頭靠向我的肩膀。血水從她耳朵流出，我也不在意。

我們等夕陽完全下山後，站起身搭上計程車，但還不到一公里，司機就把我們趕下車，因爲太臭了。我們想在附近的家庭餐廳休息，也被店家以同樣理由拒絕。

「我不想勉強自己吃東西，反正再過大概三天，我就會消失了……」走在街燈零星的馬路上，茶子低聲說。

「笨蛋，所以我們現在必須快點做些人做的事情，否則將來後悔就來不及了。再說，約會不是一定要吃飯嗎？」

「可是……」我的視線從低頭喃喃自語的茶子身上轉開，看到一個拉麵攤。

「有了！」我拉住茶子的手。她的手比想像中還要冰冷、還要無依無靠。

運氣眞好，攤子賣的是大骨拉麵。簾子上只寫了「古早味」幾個字；店老伯對我們身上強烈的臭味沒有任何抱怨。我們兩人各點了一碗麵。

「小弟，你的臉眞慘，和人打架嗎？」店老伯看到我的臉，只說了這麼一句，之後就不再開口。我們捧著遞過來的麵吃了起來，毫不在乎麵還冒著大量熱氣。感覺不到燙。店老伯打開小型電視，開始看起夜間棒球轉播。

過了一會兒，我注意到好像有什麼東西掉落腳邊，往下一看，只見茶子剛吃下的麵，全從肚子的洞掉了出來，散落一地，還弄髒襯衫的一部分。茶子發覺我的注視，露出傷腦筋的表情。我泰然自若地付了錢，拉著茶子離開麵攤。

「是我不好，勉強妳吃東西。」

「我想我的胃，還有洞裡的其他器官，大概都不見了。」

我們走在街燈稀少的路上，來到兒童公園。

茶子看到公園角落的公共廁所。「我去清洗一下。」說完，走進殘障專用廁所。

我坐在鞦韆上搖動。今天是滿月。遠處傳來電視的聲音。旁邊有幢大樓，大樓裡家家戶戶都亮著燈。

這時我聽見茶子尖叫，跑向廁所，看到茶子在洗手台前顫抖。

「發生什麼事？」循著茶子的視線看去，我看見混著膿血的光溜溜老鼠掉落在地。「要不要緊？」

我一出聲，茶子便癱坐地上，用力翻起裙子露出大腿。我清楚看見好幾條紅線從大腿流到小腿。

來回看看茶子掛著數條紅線的大腿，以及光溜溜的老鼠。

那不是老鼠，小歸小，那東西仍有著人類的手指與眼鼻。

那是個胎兒。

茶子突然站起來用力踩踏那東西。

「住手！」我抱住茶子。八成是我抱得太用力，茶子的肩膀骨頭發出叫人不舒服的聲音後脫臼，她仍不以為意地用腳上的運動鞋踩踏胎兒。最後終於手摀著臉，靜靜哭了起來。

我捲起三張衛生紙，一點一點把胎兒拾起，丟進馬桶裡，心想，要是被發現，可就大事不妙了。胎兒的眼球像驚嚇過度般，飛出被踩爛的頭部。來回撿了四次，總算銷聲匿跡。我伸出手準備沖水，茶子卻搶先一步拍打按鈕。猛烈的水勢把胎兒吸進污水管中。

「……這就是他想殺我的原因！那天，我要去墮胎的事情，被他知道了……」淚水湧上茶子的眼睛，然後流下來。「他怪我想殺了他的孩子……怎麼可能生下來！那傢伙瘋了……」

「夠了，別說了，我明白。」我伸出手把茶子拉進自己懷裡。茶子像個嬰兒般抽搭個不停。在哭的同時，她的頭髮散落地面。

之後，我們改搭計程車，來到水庫湖附近下車。我記得這附近以前有個廢棄的木材小屋，也知道太陽升起後，茶子的模樣會慘到無法想像，因此決定快點找個避難之處。

茶子的頭髮大部分都掉光了，皮膚變得像破紙門一樣，全身腐爛生膿；幸虧肚子上的洞不斷排出臟器的汁液，茶子才沒膨脹到巨人那麼大。天還沒亮，左邊眼球就像乾香菇一樣往眼窩裡萎縮進去。

茶子看著自己七零八落的身體，發著抖說：「我好怕、好怕……」

「我會陪妳一起死，放心……」

我說完，讓她看我爛掉的手指；她安靜下來，才一會兒，又想起了害怕而開始顫抖。我努力想讓緊抓住我的茶子冷靜下來，卻突然看到自己的手指，嚇了一跳；指甲根部長出薄薄的甘皮，似乎打算修復指甲剝落的地方。

「阿廣你果然不會死，」茶子小聲說：「好好喔。」

「不，無論如何，我都會死。」

「謝謝你，可是，沒關係的，你不用勉強。」

「不，我一定會死，一定！」

茶子不再開口。

黎明時分，茶子準備站起身，整個人卻坍塌，是的，就是「坍塌」——只聽見濕泥甩在地上的聲音，一看，她整個人散得支離破碎；腿離開了她的身體，一邊手臂掉落。茶子睜大眼睛看著散落在自己四周的手和腳。

「我好怕喔……阿廣……」

我說不出話來，只能拉近茶子的身體，緊緊抱住她。她的身體比我想像中還輕，就像中空的樹幹一樣。

「我會陪妳一起死，別擔心。」我在茶子耳邊輕聲說。

「我死了無所謂，我害怕的，不是死，而是……我不想和那傢伙去同個地方。我，殺掉那傢伙了。我想會變成這樣，一定是那傢伙的詛咒。阿廣，那傢伙把你撞向牆壁時，我拿著剪刀一口氣剪下了那傢伙的脖子。不難哦。那傢伙一臉驚訝的轉過頭，嘴裡念著什麼咒語，然後硬是給了我一吻。我可以確定，那傢伙死掉了。」茶子凝視小屋的天花板。像發高燒的譫語般喋喋不休。「我不要和那傢伙一起去地獄……我不要……」

我點點頭。

「阿廣，我不要這樣，我不要離開你、去那傢伙在的地方，我害怕的是這個，我好怕喔……」

直到傍晚，茶子仍不斷重複著同樣的話，唯一不同的是，開口說話的次數愈來愈少。

「阿廣……阿廣……」身上只剩下左手臂的茶子緩緩睜開眼。

太陽已經下山好一陣子了。

「我走嘍。」

「茶子……」

「阿廣，等你變成老爺爺時再來找我，別去自殺，你如果自殺的話，就會被帶到其他地方，遇不到我了。」

茶子的身體開始小幅度顫抖。

「夢裡的女人告訴我，我要去的地方，不會遇到那傢伙……」

「是嗎？」我點點頭。

「阿廣，謝謝你為我做的一切。」

說完，茶子的身體變輕。

「茶子……」

她已經不再開口；胸前蜥蜴褪了色。

我抱著茶子哭到黎明，最後將她的身體和散落的手腳，一起埋在小屋裡。

還剩下三萬。我原打算跳進水庫自殺，又想到茶子說——會被帶到其他地方，遇不到我——於是招了計程車，直接回家。

不出所料，老媽在家裡鬧得天翻地覆。

「你到底在搞什麼！」

我好想睡覺。「現實」成了活生生的重量，把我消耗殆盡。

「晚點再說。」

我不耐煩地準備走進房間，老媽一邊喊叫一邊緊追過來。

「你偷了我的錢包，對吧！就知道做壞事！」

我停下腳步。

「看來還得多拜託神明幫幫忙才行。你到底在想些什麼啊！能不能給我認真點！」

我沒說半句話，走進房裡，打開窗戶。一瞬間，我彷彿聞到了茶子的味道。我明白今後不論看到什麼，再感受不到發現那隻蜥蜴時的新鮮感了。

5 幼貓與天然瓦斯

「妳看，牠被雨淋成這副濕淋淋的模樣……」

那女人把她懷中猶如易碎物的幼貓遞近給我看。

「是啊……不過……」

靜枝含糊點點頭，還在猶豫要不要接過貓咪。

「怎麼樣？」

女人別有深意地窺看靜枝的臉。靜枝感覺對方在打量自己。

「放著不管，牠會死掉呀。」

女人身後那場午後的大雨，強力拍擊著柏油地面。這裡是市郊的住宅區。住在這地方的人們，即使住宅長相都相同，仍不忘致力於讓自家的門柱樣式、門牌、信箱色彩與眾不同；每個人都認為自己不隨波逐流。草坪鮮少用來走動，只在上面擺兩張野餐桌。而這幸福的代價就是每天必須早上六點鐘出門。到了假日，整條路上靜悄悄地彷彿一座死城，這不光是下雨的關係，大多數丈夫因為平日通勤，一到假日就累癱無力外出，因此每到放假日，這一區就像療養院一樣寂靜。

「牠在妳家門口哦。」

女人再一次低聲說——看我多麼溫柔啊！我可是一看到淋雨快死的貓咪，就坐立不安耶！妳為什麼不能和我一樣呢？妳這人沒有愛心嗎？——女人全身上下都在挑毛病。

沒錯，那隻幼貓的確被裝進箱子、擺在靜枝家門前的人行道上。下雨時，靜枝也有幾分在意，偷偷望了望，發現貓咪的箱子正好在銀杏樹底下，於是決定不過去看。

女人住在馬路對面，年紀還不到六十，老是把一個人獨居的靜枝當作怪人；在路上遇到，除非走近到伸手可及的距離，否則和她打招呼，她不會理人。垃圾集中場的趕烏鴉網子底下如果放滿了，她會把靜枝的垃圾桶拖出來，把自己的塞進去；這情況靜枝已經親眼目睹過好幾次。

即使如此，靜枝還是不以爲意。無論走到哪裡總會遇到「烏鴉」，想排除價值觀與自己不同、「顏色」與自己不同的傢伙。靜枝只想靜靜在這好不容易買下的二手屋裡生活，因爲她累了。才四十五歲就已經對人生倦怠至此，可以想見她這輩子回顧起來有多麼困難與複雜。

「妳家養狗嗎？還是準備要養狗？」

「沒有。」

「那不正剛好，反正妳一個人也寂寞嘛……」

女人特別加重語氣在「一個人」之上。她經常偷窺靜枝家。也因爲這原因，靜枝必須把客廳窗簾從薄蕾絲換成厚重的雙層布，害得她無法實現晴天開窗的夢想。

「牠長大後一定會派上用場的，再說，妳的腳那樣子……」

女人壞心眼的望向靜枝的腿。

靜枝右側膝蓋以下空無一物。只是在家裡面走動的話，不需要拐杖；出門在外被人發現是義肢，也沒什麼好尷尬。她只在入浴時以及晚上上床睡覺時，卸下義肢。

「可是要我照顧有生命的東西，我實在……」

「沒問題的，只要妳『還有手』打開罐頭、把食物倒進飼料碗裡，牠就會自己去吃。」

靜枝無言以對——既然這樣，爲什麼不養在妳家？女人家裡這些日子也只有退休丈夫在家而已，又沒有養其他動物。

「你們家……」靜枝話還沒說完，就聽見馬路對面傳來喇叭聲。女人的丈夫回來了。

「我得回去了。咱們家不能養動物啦，我先生會過敏。對不起。」

女人把幼貓擺在地上，粗暴地拍了下牠的屁股。幼貓受到驚嚇，往靜枝家裡竄去。

「啊！」靜枝還來不及喊叫，女人已經邊嚷嚷邊往車子方向走去，原本被她身體壓住的大門關上。

靜枝回到屋裡沒看見幼貓的蹤影。不曉得躲哪裡去了。

她嘆口氣，走進廚房熱好牛奶，裝入不鏽鋼小碗中回到客廳。

要怎麼叫貓咪出來才好？狗只要吹口哨就行，但貓……靜枝只好無可奈何地拿著牛奶碗在陰暗處來回尋找。看了看客廳窗簾底下、電視櫃後側、沙發角落，卻連聲貓叫都沒聽到。

她感覺連接義肢的斷腿處僵硬麻痺；是站在門口和那女人講話時吹風造成的吧。

不知如何是好的靜枝打開客廳深處的門，來到通往浴室的短廊；短廊一側是小小的收納空間。

「小貓咪……」靜枝小心喊著，避免嚇到貓。結果聽到「喵」的叫聲。

聲音來自靜枝背後。

……牠果然在客廳。

靜枝回到客廳，聽見有人叫了聲：「阿姨。」

定眼一看，兩名年輕人走進玄關來。兩人她都見過，差不多是路上遇到會打聲招呼的認識程度，他們都是有著爽朗笑容的運動少年。

「阿姨，晚安。」右手邊的年輕人再度開口；他患有顏面麻痺，聽說是小學時騎腳踏車發生意外造成的後遺症。記得他今年應該剛考進東京大學。靜枝正要開口說「晚安」時，聽見了幼貓的聲音。旁邊的年輕人小心翼翼地撫摸懷裡的東西。

「這是阿姨的貓嗎？」他這麼問。他是牙醫師的兒子，沒記錯的話，今年春天應該已經考上第一志願的大學牙醫系。

「不是，牠是別人寄養的。有人覺得牠被拋棄很可憐，所以拿來寄放……」

結果兩名年輕人面對面冷笑。

「太奇怪了吧？覺得可憐就應該自己養啊！」

「是啊……妳亂說的吧，阿姨？」

眼前這兩個冷笑傢伙從剛剛開始就讓靜枝莫名緊張，這種感覺，就像導火線明明已經點燃了，卻還默不作聲地把煙火收進懷裡。

「我才沒說謊！」靜枝的聲音有些嘶啞。她把牛奶碗擺在腳邊，少年懷中的幼貓立刻一扭身跳到地上，衝向牛奶碗，開始大聲舔起白色液體。

「哈哈，野獸。」

「果然是野獸呢。」兩人大笑了起來。

靜枝笑不出來；牙醫兒子身上穿的白色T恤寫著詭異的文字──「不能用天然瓦斯自殺」──那抹惡毒的紅，在昏暗的室內仍舊清晰映入眼簾。兩人笑完後不再動，但是他們臉上仍然殘留著「笑」。那個表情，花了不少時間，才從他們臉上慢慢蒸發不見。

屋子裡只聽得見幼貓舔牛奶的聲音。

笑臉消失後，取而代之的是「干我何事」的冷漠表情。這種表情，在擁擠不堪的電車上、隊伍間、書店裡經常可見。

「話說回來，你們兩位有什麼事？」

靜枝耐不住沉默，開口。「啊……」顏面麻痺男打了個大呵欠，雙手伸向空中；粗壯手臂上爆出血管，看得出來他正在使力。「啊啊……可惡！」他吐氣吐到滿臉通紅為止，粗魯放下雙臂，微笑望著天然瓦斯男。

「喂，聽到我問話嗎？我說你們兩位有什麼事？」

靜枝的話裡，充滿著想結束這場莫名其妙鬧劇的心情──她感覺自己正穿著跑進小石頭的鞋子走路。

「啊……」顏面麻痺男繼續打呵欠，開始扭轉脖子，雙手手指交握，手掌朝著靜枝伸展，指關節不斷發出踩到小樹枝的聲響。

「喂，你們開玩笑也該有個限度吧！」靜枝沒想到自己有勇氣這麼大聲說話。「有什麼事快說！沒事的話就快點滾出去！」

結果天然瓦斯男一屁股坐在地上，伸開雙腿，上身向前傾，開始做起伸展運動。

「我們有事哦。」

顏面麻痺男對天然瓦斯男使了個眼色，小聲說。

「什麼事？」

「我們想玩激爆摔角❶。」

「什麼？」

「就是摔角遊戲嘍，艾迪・葛雷和威廉・瑞格❷他們表演的那個。沒聽過嗎？」

「你們兩個是說眞的嗎？」

兩人理所當然地頻頻點頭。

我還在想「這兩個孩子怎麼這麼奇怪」，下一秒就已經罵出口：

「開什麼玩笑！我家爲什麼要借你們玩那種莫名其妙的遊戲？你們有毛病嗎？突然跑進來說要在這裡摔角？……最好眞有人會答應你們！給我滾出去！」

「我們一直夢想能夠來場眞實摔角嘛！」

❶註：激爆摔角，是PS、PS2、PSP、Xbox、Wii等電視遊樂器的摔角遊戲，原名「Exciting Pro Wrestling」系列一至七，更換發行公司後，新發售的遊戲改名爲「WWE 2007 SMACKDOWN VS. RAW」、「WWE 2008 SMACKDOWN VS. RAW」。

❷註：艾迪・葛雷（Eddie Guerrero, 1967-2005）與威廉・瑞格（William Regal, 1968-）均爲ＷＷＥ摔角選手，曾多次稱王摔角界。

顏面麻痺男說完，天然瓦斯男點點頭。接著他下腰，把身體彎成拱型，顏面麻痺男坐在他肚子上。

唔呵、唔呵、唔呵……坐在上面的顏面麻痺男只要一跳動，底下靠手指及額頭倒立支撐兩人體重的天然瓦斯男，就會發出怪聲音。

「別胡鬧了！」靜枝走向掛在牆壁上的電話——我怎麼可能陪你們幹這種無聊事？今天我可是打算吃完熱騰騰的食物，早點上床，把看了一個禮拜的懸疑小說讀完耶！那可是一本讓人相當期待結局的優質作品呢！

靜枝的手正要伸向電話，手上便感覺到一股衝擊，下一秒，牆壁上的電話發出巨大聲響與煙塵，支離破碎，同時地板上傳來一陣沉重的恐怖震動——裝飾架上的青銅像滾落地面晃動——那是靜枝的父親認爲長得像女兒而買下的少女座像。

「耶——！」顏面麻痺男與站起身的天然瓦斯男互相擊掌。

「你們……」靜枝全身發抖，她領悟到眼前這兩個臉上掛著笑容的年輕人，是不折不扣的瘋子。

「那樣子違反規定哦，重來、重來！」顏面麻痺男低聲說，換他開始做起暖身運動。

「你們給我差不多一點，別在這裡玩摔角！回你們家去，隨你們怎麼摔呀！」靜枝的語氣中有著哀怨；她並沒有打算擺出低姿態，身體卻不由自主地自動反應、楚楚可憐地拜託。

「阿姨，妳誤會了喲。」張開雙腿坐在地上的顏面麻痺男抬起頭。

「是呀，」天然瓦斯男也點點頭。「我們不是想玩摔角，而是想和阿姨妳摔角，我們倆的對手就是妳。」
靜枝懷疑自己聽錯了，陷入錯亂。
……他們剛剛說了什麼？想和我摔角？
太蠢了吧？靜枝差點笑出來。
……為什麼要這樣做？有什麼好處嗎？
「阿姨和貓咪一組，我們兩個一組，有沒有問題？」
「等一下，你們到底在做什麼？我還沒搞懂你們說的……」
天然瓦斯男無視靜枝的話，往廚房走去，打開餐具櫃，翻出碗和沙拉盆等容器，拿刀子敲擊確認聲音。不曉得敲到第幾次，碗發出乾澀的聲響，他才滿意點點頭。
「這個聲音可以吧？」
「嗯？不錯。」聽到天然瓦斯男的問話，顏面麻痺男回答。
靜枝看向腳下四散的電話殘骸。倒落的青銅座像高三十多公分，靜枝要把它拿起來擦架子、地板時，還非得兩隻手一起，才能把那沉甸甸的重物抬離地面，對方居然能夠把這東西從那邊丟過來……靜枝與下腰擺出拱橋姿勢的顏面麻痺男四目相對。
他倒立充血的臉對著靜枝咧嘴冷笑；交叉胸前的雙臂上頭，粗大的血管像葉脈一樣浮出突起。
天然瓦斯男從廚房拿著碗和刀子回到顏面麻痺男旁邊。
「規則採唯一場地競賽制。這是場正式的比賽，所以沒有暫停或投降。另外，如果卑鄙使用凶器攻擊，處罰就是由對手選擇個人喜歡的方式重新開始，這點要注意。基本上，摔角擂台就是這整個客廳，以擊掌方式換手。」

他們兩人往靜枝對角線另一側的牆壁走去，然後天然瓦斯男大聲說明：

「紅色角落——！一百八十磅！鳳凰表人！藍色角落——！一百磅！阿姨！」

顏面麻痺男雙手伸向半空中，原地旋轉一圈，向無形的觀眾介紹。他對靜枝發出戲劇性的聲音恫嚇道：「我可不會輸哦！嚇！」

靜枝曾在電視上看過幾次摔角手威嚇對手的場面，這宣示著接下來是場賭命的生死之爭。靜枝打心底升起一陣恐懼，絲毫不覺得眼前這情況哪裡有趣。

「鏗！」碗響了一聲。

「等一下！」靜枝伸出雙手想制止小跑步靠近的顏面麻痺男。

顏面麻痺男來到手掌正前方，快速下沉、消失，下一秒，靜枝的右腹側遭到鐵拳重擊，整個人往後飛去，背部撞上牆壁。她的身體摔落地面時，手肘以不正常的姿勢著地，撞出叫人發毛的聲音；脖子因爲腦袋異常高速上下晃動的關係喀喀作響。靜枝的眼前瞬間一片黑。

「出現了！閃耀擊墜！」天然瓦斯男的聲音在遠處響起。

靜枝的手腕關節被對方用力扯起，傳來一陣劇痛，接著身體被扭住按倒，鼻子和下巴貼在地上。

「唔啦啦啦啦！」

顏面麻痺男在背後叫喊的同時，靜枝手臂正中央突然發出一聲「啪」，使不上力了。靜枝憤怒的大叫掙扎，身體終於恢復自由。在模糊視線的前方，靜枝看到顏面麻痺男正站在那兒低頭看著自己。

「等等、等一下！」靜枝倒在地上大叫。有個東西不斷打在她臉上；仔細一看，自以爲舉起的手臂居然軟趴趴地往下垂——她的右手肘被逆向折斷了，關節一帶內出血，發紅腫脹成從未見過的模樣。

「別小看我！嚇！」顏面麻痺男大叫，狠狠踢了斷臂一腳。

「噫！」靜枝嘴裡無意識地迸出慘叫；她以爲手要掉了，結果斷臂只是轉了一圈又打著她。

「住手……別這樣……」靜枝翻過身，伸出剩下的左手比出「暫停」姿勢，企圖制止顏面麻痺男。

顏面麻痺男無視靜枝的舉動，抬腳準備踐踏靜枝，卻在半空中停住，稍微後退幾步，雙手挑釁的比著「過來過來」。

「站起來！王八蛋！來啊！混帳！」

靜枝癱倒在地。顏面麻痺男開始踩踏她脫臼的關節。

「唔——咕——姆咕……」

「過來呀！王八蛋！站起來站起來站起來！臭小子！」

靜枝呻吟著要起身，腳下一滑又趴下。顏面麻痺男喊叫著，拚命踐踏她要她起來，她又腳滑，踐踏又腳滑的戲碼不斷重複，靜枝努力把自己的身體剝離地板——在她淚眼婆娑的眼睛看來，屋子裡沒有什麼太大變化，還是和昨天一樣……昨天，很幸福，生活平穩安靜，怎麼曉得在同一個地方過了二十四小時後，卻變成這副手臂關節碎裂、口吐鮮血的模樣？

靜枝心裡祈求著時間能夠倒轉回到昨天。她站穩如坐船般搖晃的腳步，勉強站起身，顏面麻痺男立刻從她身後撲上來，把她的上半身壓得向前傾，下一秒，身體突然輕飄飄飛起，接著脖子冷不防遭到重擊，像被大型油壓機打到一樣。回過神來，她已經成大字型躺在地上。嘴巴好像塞進一堆石頭，靜枝連忙吐出嘴裡的東西，一些沾了血的白色物體掉出來，是牙齒。一看，顏面麻痺男已經退到牆邊，換天然瓦斯男上場。他戴著黑底紅邊的面具。

天然瓦斯男不像顏面麻痺男那樣叫靜枝站起來。他快手翻過靜枝，抓住她完好的那隻腿，輕鬆自在地扭轉自己的身體壓下來。

靜枝的腳底竄上一股火鉗插進般的劇痛，她放聲大叫。

天然瓦斯男再度站起身，這回改抓住靜枝沒受傷的手臂。

「啊……那隻手不行……」天然瓦斯男卻毫不在意靜枝的話，和她的身體躺成九十度，以膝蓋牢牢夾住她的手臂，稍微抬起腰部，將手臂往關節反方向用力一折——「哦！哦！哦！」靜枝像魚一樣跳動，嘴裡吐出血沫，劇烈疼痛竄遍皮膚、肌肉與骨頭之間，她根本無暇去管身體底下另一條彎曲成不自然形狀的手臂。全身滾燙難耐，天然瓦斯男仍繼續將手臂折至骨頭彈性的極限，最後終於聽見踏破三夾板的討厭聲音，關節四周也跟著碎裂。靜枝彷彿大型擴音器，拚命大喊、不斷大喊，叫啞了，疼痛仍在。

「阿姨很痛苦！很痛苦！」天然瓦斯男從面具後頭悠哉播報著。

靜枝開始全身痙攣，接下來是撕裂身體的痛。

天然瓦斯男打算拉斷骨折的手臂。他雙腳使勁踩住靜枝的臉與側腹，一面扭轉斷臂一面拉扯。失去骨頭的手臂被這樣一拉扯，發出「啪滋啪滋」的聲音，好像身體裡面有什麼要被揪下了。

「啊啊！厲害！要弄下來嗎？弄得下來嗎？弄下來了嗎？」興奮的顏面麻痺男像馬賽人❸一樣又跳又叫。

「咕哦哦哦……」天然瓦斯男使盡渾身力氣踏穩腳步，繼續扭轉。

靜枝看到那彷彿不是自己手掌的東西在愈來愈遠處搖晃——手竟然伸到那麼長！——已經沒有知覺了，不可思議的是，手掌仍會隨著天然瓦斯男每次扭轉而一張一握。突然，一股猛烈的吐意從胃袋衝上靜枝的喉頭，才聽見水被吸入排水孔的聲音，嘔吐物已經從她的嘴裡噴出，直接噴到天然瓦斯男齜牙咧嘴用力中的臉上。

「唔哇！」天然瓦斯男像是被熱水潑到，放開靜枝，滾倒在地。

「好樣兒的！阿姨的毒霧攻擊！」顏面麻痺男拍手狂笑。

靜枝已經怎樣都無所謂了。

「髒死了！」天然瓦斯男站起身，準備找東西擦拭弄髒的面具，結果腳下一個不小心踩到靜枝的嘔吐物滑倒，粗心大意的他往後一仰，後腦勺撞到靜枝義肢內藏的鈦合金轉軸，發

❸註：馬賽人（Masai），東非著名的遊牧民族，分布在肯亞南部及坦尚尼亞北部一帶。

出悶響，天然瓦斯男呻吟了一聲，跟著開始痙攣。

「啊！你要不要緊？」顏面麻痺男跑近天然瓦斯男，要他振作點。

靜枝突然看見幼貓靠過來舔自己因內出血而腫成數倍粗的右手指。

「痛死了！」天然瓦斯男緩緩坐起身。「搞什麼？一定有問題！」他手撐著自己搖搖晃晃站起，粗暴掀開靜枝的裙子。

「這是什麼？」

發現義肢，他們兩人異口同聲叫了起來。

「這根本違反規定嘛！竟然偷帶凶器！」天然瓦斯男抓住義肢的腳踝處用力扯下，開始胡亂毆打靜枝。

二十分鐘後，天然瓦斯男終於打累了，甩開沾有靜枝頭髮、皮膚和頭蓋骨碎片的義肢。地板上有攤衣服包裹的人型肉醬。

「要壓上去倒數了嗎？」顏面麻痺男問氣喘吁吁的天然瓦斯男。

「壓上去？我才不要咧！噁心死了！」天然瓦斯男脫下面具，用T恤袖子擦擦汗水淋漓的臉。

他們兩人一起在靜枝的屍體上撒尿後，關掉屋子裡的電燈，準備走出外頭。

「這回算我們贏吧！」

「應該是平手吧！」顏面麻痺男對天然瓦斯男說。

「搞什麼，這麼嚴？」

仔細一看，幼貓正坐在靜枝旁邊。

「過來。」顏面麻痺男一呼叫，幼貓便快跑靠近。他雙手抱起貓。

「牠該怎麼辦？」

「嗯……就養吧。」

「喵——」顏面麻痺男懷中的幼貓輕輕叫了一聲。

6

退休日大逃殺

「……感謝您長期以來為公司發展盡心盡力，希望您往後更加活躍，在人生第二個舞台上繼續加油。」

「謝謝。今後我國的經濟情勢依然嚴苛，還望各位抬頭挺胸繼續努力。」

總經理——犬山昔日的部下說完，女職員恭敬遞上捧花。犬山接過花，再度面向排成一列的課員，一手行禮，一手高高舉起花束。

所有人齊聲鼓掌，微笑看著犬山。

犬山分別看向三十名部下，一一頷首。

沒看到任何叫人不安的視線。

幸好，果然只是杞人憂天。在公司裡我雖屬強勢派，但我不記得自己曾對部下有過任何不合理的要求。——今天是犬山退休的日子，也是舉行退休獵殺的日子。他沒有雇用街頭巷尾流傳的「保障服務」；該服務不僅收費高昂，且只服務一次。為了能夠平安回家花上數十萬，算來實在浪費。再說請五、六位保全充當保鑣、包圍在自己前後左右，這樣對過去的同袍多冷漠、多失禮啊，八成還會被批評很世俗吧。事實上，他多少也希望自己能以漂亮的姿態，留在同事的回憶中。

犬山心想，放眼望去，除了新進職員外，這一列全是受我照顧而成長至此的男人。我費盡心力，將初出校園時還左右不分的他們培養成企業戰士。想想連客滿電車都不敢搭的他們，如今已成為年營業額一兆日圓的商社要角，該慶幸公司有我這麼雞婆的人在啊。

他們一個個接收到犬山的視線，心滿意足地點點頭，又像看到什麼過於耀眼的東西而眨了眨眼。

「謝謝各位……」

鼓掌完，犬山再一次小聲道謝。

「好，到此爲止。各位回去工作吧。」

所有人開始動作。這時候，犬山注意到總經理看了眼手錶又看向自己，眼神中羼雜著叫人掛意的憐憫。

總經理快速轉開視線，犬山也沒有繼續追究，準備打包剩下的私人物品。他來到離自己座位兩個桌子遠的地方，一名男職員突然站起身擋住通道，害得犬山狠狠撞上對方的背。眼鏡被撞歪，臉上的衝擊直達鼻腔深處。

「喂！」犬山立刻大叫。

該名男子兩年前才從資材課調來。沒記錯的話，半年前他長子出生時，犬山還送過他玩具反斗城的禮券。

男人沉默站著。平常只要一叫喚這位名叫戶部的男人，他就會露出微笑，所以有「微笑部」的稱號。微笑部正以死人眼神盯著犬山。

「這樣很危險。」犬山知道自己說到最後，語氣不自覺緩和了下來。他不是我所認識的微笑部。人們看著認識與不認識的人時，眼神多少會有不同。

從微笑部的眼中，犬山感覺不到自己的存在。

這時背後突然有人用力推了一把，犬山差點摔倒。

轉頭一看，犬山站的位置上，有個年輕男子粗暴拉出椅子準備入座；鐵製的球形椅腳正好狠狠撞上犬山的左腳踝骨。

「啊！啊！」犬山當場痛苦跪倒，彷彿被鐵鎚砸到腳踝。結果撐在地上的手背遭椅子輾過，發出嘎啦嘎啦的聲音。「唔哇！」抬頭一看，那名年輕男子肩膀上挾著電話，正悠哉開始工作。犬山好不容易抽出手；手已經破皮腫起、開始滲血了。「喂！你！」犬山憤怒站起身，伸手搭上年輕男子的肩膀。「你知不知道這樣很危險！」

男子沒有回頭，只顧著一邊寫筆記，一邊與電話那頭的人說話。

「喂！王八蛋！」犬山忍不住抓著肩膀。男子仍舊視若無睹，逼得他動手搖晃，結果話筒滑出男子肩膀，大聲摔在辦公桌上。

聲音之大，讓犬山瞬間回過神。他注意到周遭眾人的目光全集中到他身上。

「啊，對不起，電話線路似乎不太穩定。好，我馬上回電。」

男子微笑掛下電話後轉向犬山，臉上立刻變得面無表情，叫人毛骨悚然。這一刻整間辦公室裡聽不見任何說話聲。犬山感覺三十對投射過來的視線如芒刺扎著他全身。

「枉費我們打算讓你好好離開。」

「所以我不是說了？犬山笨嘛，全都是這傢伙自己搞砸了。」

「蠢到無藥可救！當個人也是浪費糧食！」

辦公室到處響起語帶怒意的聲音。

「說什麼……你們是怎麼回……」犬山的話沒能說完，年輕男子已經出手。痛苦在身體中央炸開，他知道那裡是胃。上一次同個地方遭到強力重擊，是犬山二十歲那年在新宿居酒屋遇上小混混時。

「喂喂，這麼快就發飆啦？」有人笑了出來。

「這個臭老頭眞讓我火大，殺了他！」

苦澀的液體逆流至口中。彎著腰的犬山看向自己的拳頭；滿是皺紋的手上胡亂浮著紫色的血管。他了解自己的力量絕對贏不了對方。

「等等，有話好說……」的「說」字都還沒講完，犬山臉上便遭到頭鎚猛擊，眼球被壓進眼窩裡、耳朵嗡嗡作響；後仰倒下的腰骨在身體裡發出不正常的碎裂聲；呼吸不過來，還有些漏尿。犬山舉手說：「喂！等等！給我等一下！等一下……」的「下」字還沒說完，嘴邊就挨上一踹。他看見自己的假門牙如火箭飛射出去。

「咿！」犬山發出娘兒們似的叫聲，倚身辦公室角落。

年輕男子看到犬山這副模樣，朝地上吐了口唾沫。換另一位職員站到犬山面前。

「你這傢伙，我說要去參加兒子的運動會，你嗤之以鼻，是吧？」

「我有嗎？」

這位年約四十的職員，之前在即將與達姆建築資材公司簽訂採購契約時，突然申請休假。

「好啊，要裝傻儘管裝。你當時冷笑完，還假裝心臟麻痺倒下，說：『啊啊……被你嚇死，我還以爲死定了，你別開玩笑了！』我可是記得一清二楚，學給你看！」

「你說什麼？」該名職員把手擺在耳邊半蹲。「我聽……不見！」

四周傳來嘲笑聲和呻吟聲；嘲笑的主要是女職員，而男職員則是蹙眉、厭惡地齜牙咧嘴。

「就是那樣、就是那樣！」

「他也對我那麼做過！」

「那天，我兒子徒步競走拿到第二名。他說因爲爸爸沒去幫他加油，所以沒能拿第一。」

「哪有這種事……」犬山拿著變形的眼鏡站起身。

「他現在成了繭居族，對家人施暴，還責怪我——需要商量的時候，父親卻不在身邊！——有多慘你可知道？這一切全都是那次運動會造成的！」

男子掄起拳頭。這時有人從他身後抓住他的手。

「等等，我也有話要說。」

犬山因爲事出突然而愣住；介入兩人之間的是總經理。

「都是因爲你，我老婆害死了孩子。」

辦公室內一片譁然。

「我什麼也沒……」

「你是想說你什麼也沒做嗎？那麼你解釋一下，當時把賀曾利物產淺蔥先生的損害賠償案子硬推給我的人是誰？」

「那件事情，是賀曾利物產指名要你出面啊！」

「那天，正值預產期的老婆快臨盆了，你這王八蛋卻說：『馬上就能處理好。』叫我去處理小學生帆布鞋的索賠案。」

「因爲採購人員是你……再說我認爲退貨和二次加工時，可能需要和中國方面交涉。」

總經理走近犬山，狠狠踩踏他的腳尖。

「你繼續說啊！四課的香山或二課的古里不也可以去處理？這明明是個跨課企畫案，你卻執意派我去處理，只爲了讓業績算在我們課！」

骯髒的傢伙！有人大喊。包圍犬山的人群比剛剛朝會時更貼近；他面前的每一張臉上，此刻都浮現濁黑的怒氣，看來像是在壓抑「暴力本能」破體而出。

……這就是退休獵殺呀。犬山後悔自己過於天眞的評估。這才發現，到昨天爲止的忠實與友好，全是他們爲了今天而做的掩飾。

「當我人在昏暗的倉庫裡檢查鞋底裂痕時，我的老婆羊水破了。叫計程車連忙趕到醫院時，胎兒已經死亡。是個女嬰。」

總經理的聲音哽咽，彷彿是在說昨天才發生的事。

「但你那時候不是告訴我，你老婆有母親陪著？」

「我岳母是瞎子，要怎麼到街上攔計程車？她只能不斷打著打不通的叫車電話！三更半夜一邊聽著破水的女兒慘叫，一邊抵抗著胎兒會死掉的恐懼，不斷打電話！」

「我只知道懷孕的事，如果你告訴我……」

總經理呆然張著嘴，一副不敢相信的表情環視眾職員的臉。

「你是說……小孩死掉要怪我自己？怪我沒告知你和公司我岳母是瞎子、因爲我找不到人幫忙只好拜託她？」

「不，我沒那麼說。」

「你明明說了！還是你想說——沒事讓自己眼睛瞎掉，這種母親殺掉算了？」

「我哪有……你瘋了。」犬山嘆息。總經理揪住他的領帶左右搖晃。脖子兩側頓時一股熱，沒辦法呼吸。

「爲什麼你不去！爲什麼不去啊！」

「是啊！都怪這傢伙，害我沒見到奶奶最後一面！」

剛剛還站在總經理身後的女職員跳出來抓花犬山的臉。

接著全體一起上前痛毆犬山。

「害我沒辦法陪兒子動手術！」

「你害我變得歇斯底里！」

「我沒趕上相親，都是你的錯！」

「我去不成滾石合唱團的演唱會！」

「聯誼遲到！」

「討厭你的長相！」

「你有口臭！」

眾人像在唱誦咒語，紛紛大吐自己的不甘心、憤怒與不平不滿，同時毆打犬山的臉、用指甲狠抓、勒他的喉嚨、踹他的胸口、撕裂衣服、膝撞他的背骨。他渾身發燙，疼痛從體內隨著心跳流貫全身。肩頭響起不舒服的啪喀聲時，一陣前所未有的劇痛竄出。

「呀啊啊！」犬山淒厲喊叫。眾人順勢將他的身體抬起，一面冷笑一面奔出走廊。

「啊？犬山先生退休了。」擦肩而過的其他部門男子說。

「閃開閃開閃開閃開閃開！」他們將犬山扛到樓梯處。「預——備——丟！」把他拋向下一層樓的樓梯平台。

身體感覺一陣輕，隨後全身遭遇爆炸性衝擊，頭部發出不舒服的聲響，眼前頓時一片黑。

回過神來時，部下們已經不見蹤影。自己的臉正趴在衝撞後嘔出的嘔吐物裡。行經樓梯的職員避開犬山，眼神猶如看到穢物。為了今天特別穿來的上等和服已經成了破窗簾，一隻鞋子也不知去向，犬山卻沒勇氣再回辦公室去找。光是要起身，就覺得痛楚徹骨。

搭電梯是最好的方式，但又擔心不曉得會遇到誰。

犬山決定一步步走下樓梯。花了快一個小時來到六樓時，他看到牆壁上有人用手指蘸了紅色鮮血寫著：「退休了仍是人啊！」旁邊則用麥克筆補充：「否決！」

好不容易走到外面。今天早上還會和他敬禮的保全，此刻對他完全視若無睹。

虧我還經常送他土產——犬山準備瞪他，想了想還是沒做；搞不好他是哪裡的運動社團出身，如果再被毆上一頓，我鐵定會死。退休日變成忌日，不就稱了大家的意？這時手機響起。是同期的岡村。他比犬山早一個月退休。

「你很慘吧？哈哈哈，誰叫你要逞強。」
「囉唆！看到了還不幫忙？」
「沒辦法。我是看到你出來才知道的。」
抬起頭，馬路對面一個身分不明的痞子打扮男人正在揮手。
那是岡村。

「有什麼辦法，這是每個人必經之路。再說，我們像他們那樣時，也曾對前輩做過同樣的事情啊。」
「嗯。」犬山在公共廁所換上岡村準備的五分褲、寬鬆運動服，戴上太陽眼鏡和印花大手帕。
兩人往代代木公園的樹叢茂密處鑽進去。
「你還不是把菊池董事長的肋骨擊碎？和當年相比，現在的退休日已經理性多了，必須立刻送醫急救的傢伙也減少了。」
「廢話，那傢伙偷了我的女人啊！」
「哦？你敢說自己不曾對部下的女人出手？」
犬山沒有反駁。
「不管怎樣，你在今天、此刻、這一秒開始，已經被流放到叢林了。過去，什麼都不用做就能夠活下去。今後，想活著就得設法延續生命。」

「所以第一件事是打扮成這樣？」

「沒錯。如果讓大家知道我們已經退休，下場恐怕會很慘。裝扮成看不出年紀比較安全。」

「所謂『老人獨立支援促進法』❶，雖說是爲了節省國庫開銷，也未免太奇怪了。仔細想想，根本是亂來。只要一超過六十五歲，不只是行政部門，連司法機關的服務都需要收費。還沒到六十五歲前就可以拚命使用……」

「嗯，過去無論是遭小偷還是遇到機車強盜，只要報案警方都會受理，可是今後報一次案就須繳一次錢，而且費用遠超過徵信社的收費。假如被殺，而家人也願意支付搜查費，還必須要看支付的金額有多少，才能決定要怎麼敷衍塞責。總之，國家已經認定我們這些普通老人等於『棄民』。事實上老人太多了。你知道這條法律在美國稱爲什麼嗎？上個禮拜的《時代雜誌》中提到過。」

「叫什麼？」

「〈旅鼠法〉。雜誌上盛讚它是條劃時代的法律。」

「怎麼每個傢伙都這麼亂來。」

「害民之政猶如深夜的白雪，在不經意的時候悄然展開，一不留神，周遭已人事全非。」

「我們需要武器，有危險時才能夠反擊。」

❶註：本篇中的法律均爲虛構。

「別說傻話了！假使被害人還沒屆退休年齡，就能夠申請免費搜查，而下手的老人會立刻被逮捕、判以重刑。關進監獄後，還要支付相當於飯店住宿費用的金額，才有飯吃。餓死、凍死、病死——即使囚犯有什麼萬一，獄方也完全不出手相助。形形色色原因造成的眾多屍體，聽說現在已經輾轉流入狗食店了。」

兩人一起嘆氣。

「唯一可靠的就剩下家人了……」

結果岡村噗嗤一笑。

「你當眞這麼想嗎？」

「是啊。我老婆年輕，還有十年才退休，很多方面可以仰賴她。」

「太天眞了……」

「你說什麼？」

「我上個月和小我八歲的老婆離婚了。」

「爲什麼？」

「蠢蛋，你回想一下過去怎麼對待老婆小孩就明白了呀！再說，對方現在可是受到國家權力保護，而我是一無所有。想到這裡，我就恐懼得決定離開家了。」

「太誇張了吧。既然是夫妻，雖然有過各種辛苦的時期，但夫妻本來就應該同甘共苦。老婆一定能夠明白我們的辛苦，還有小孩也是……」

「呵呵……你認識開發部的板垣吧？就是鼻子附近有顆痣的。」

「是那個身高體壯的傢伙嗎？我記得他上個月退休了。」

「他死了。」岡村沒有得意，只簡單這麼說。「被他老婆開車輾斃，最後視為單純的意外，獲得不起訴處分。他老婆後來和小她六歲的男人再婚。反正他們也沒小孩。」

犬山嚥了下口水。

「你打算怎麼做？和我一起走還是回家？」

我……犬山正要開口，這時候背後的樹叢發出沙沙聲。

「YO！這裡有兩個怪胎耶！」

轉過頭，只見一群身穿五分褲、戴著印花大手帕、銀飾、耳環的少年郎將兩人團團圍住。

「你們這些傢伙要幹什……」

岡村打斷犬山的話，開口：

「喲！YO！你、你、你們幾個、在、在、在這地方、有、有、有何指教！」

岡村以奇妙的節奏說完，扭著身子模仿街頭痞子的動作。

結果少年郎彷彿看到什麼珍奇異物，各個露出冷笑。其中一人配合岡村扭曲身體，霹靂啪啦地快嘴說話。

岡村也呼應對方，用上全身力氣使勁大喊，要大家放過他們兩人。他的姿勢之滑稽，彷彿快壞掉的玩具拚老命吸引小朋友再拿起自己來玩，叫人沒來由地感覺悲哀。

「哈哈哈哈！MAN！老伯，很屌嘛！不過你們兩個怪胎還少了個東西喲，MAN！」

帶頭的少年來到岡村面前。

「別這樣嘛，我們是夥伴啊！」

「是呀是呀。」說著，少年退離岡村一步。「酷！」周圍其他人大喊。「這樣子就很完美啦！HAHAHAHA！」少年突然對岡村和犬山伸出雙手、彎曲手指，大叫：「YA！」其他少年郎也擺出和他同樣的動作。

岡村緩緩轉過身面向犬山。一支免洗筷模樣的金屬棒，深深插入寫著「AMERICAN BIMBO」的塗鴉運動服中央。

「痞子一定要有體環啊！幫你裝上！而且是很大一個！YEAH！這是一定要的啦！」少年一轉身，岡村無力跪地，呼吸逐漸衰弱，嘴唇開始痙攣。

「看來那傢伙不是第一次刺人。一下子就插到死穴，直接刺進心臟正中央。眞服了他了。」

犬山輕輕讓岡村躺在草坪上；他的胸前滲出了更大片的血漬。

「我去叫救護車。」

「別傻了，哪來的錢啊……？」

犬山準備起身，岡村抓住他的手臂。

「算了吧，老實說我也累了……只是在你面前逞強而已，我的人生根本沒有未來可言。這樣正好，我已經受夠了。」

岡村微笑。

「聽好，你回到家之後，只要稍微覺得不對勁，就快點準備離開，有能力的話逃往國外去。記住這點。」

「我知道了。不過，你為什麼要幫我這麼多？」

「一九九五年度上半期……多虧有你幫忙，偷偷把自己課裡的業績轉給我們，才讓我們部門達成營業目標。照理說，我應該力主那是你們課的成績，但當時的我正處於如火如荼的升官戰爭中，我和同樣出身二流國立大學的你相同，都有難以跨越的不利條件。幸好有你那次的幫忙，我才得以在剩餘的公司歲月裡有好日子過。」

岡村滿是鮮血的手握住犬山的拳頭。

「我一直很感激……謝謝你。」

犬山點點頭。

岡村微微抽搐了一下，突然露出孩子氣的表情喃喃說了聲「媽」，便不再動。

回到家門口，妻子薊和兒子跑上前來。

「老公！你沒事吧？」薊看到犬山一身破破爛爛的模樣，上前抱住他。

「啊啊……沒事沒事，我到家了、到家了！」

犬山在放好洗澡水的浴缸洗去汗水，腦子裡想起許許多多往事。

回想起來，我從未顧過自己家裡，腦海中浮現的總是老婆可憐兮兮的哭泣臉龐，以及兒子挨揍被踹時緊咬嘴唇的模樣。那時候，大家總把老婆小孩當沙包。可是，犬山自信自己有讓他們過好日子、好生活。

洗完澡出來，晚餐已經準備好了。

全部都是犬山最喜歡吃的東西。

「辛苦了。」妻子幫他倒啤酒。

「謝謝。」

「接下來請慢慢享用。」

冰涼的啤酒像要擠破喉嚨般地流進胃裡。暢快！

兒子又將喝空的玻璃杯裝滿。

「我不會再像從前那樣了。你也是，差不多該獨立自主了吧？」

犬山忍不住又對年過三十、仍然沒有一份正職工作的兒子耳提面命。

「敗給你了。」兒子搔搔頭。

「這孩子，從一大早就一直擔心著父親是不是能夠平安回來呢。」妻子微笑。兒子點點頭。

「不要緊，我能夠回的，只有這個家了。」

舌頭麻麻的，話說到最後變得口齒不清。

「他坐立不安，擔心你會不會被其他人刺死或殺掉。」

玻璃杯自手中滑落，雙手無力垂下，身體彷彿不是自己的，動彈不得。

「如果你被其他陌生人給殺了，我可是會嘔死！」

你們，到底在說什麼……犬山想說話，卻開不了口。

「你必須由我這雙手親自大卸八塊才行，否則我死也不會瞑目！」

「我也是。如果不能親手殺了你這臭老頭，我會瘋掉！」

兒子起身走近。

妻子的眼睛閃爍暗紅色的光芒，手上的切肉菜刀也閃閃發光。

「話說回來，那醫生的藥還眞有效呢。」

「把他的肉一塊塊割下來吧。」

犬山終於在兩天後斷氣。

7

召喚恐懼

我到現在仍然沒辦法遲到，是什麼緣故造成，自己也不清楚，大概是當我還穿著吊帶褲、彷彿父母寵物的那年紀，曾被老媽揍到連眼睛都睜不開的關係，導致這習慣彷彿詛咒般深植我身。如果沒在三十分鐘前到達約定地點，我的屁眼就會張開，腋下就會冒出大量冷汗。

這天我也在三十分鐘前就抵達事務所前面。既然到了就進去啊！可是這次不行。如果這麼做，其他人會怪我太認眞，或認爲我明明是個男人，心機卻這麼重——想到這裡，我的屁眼又張開，腋下又大量冒汗。

因此我還是一如往常——在三十分鐘前抵達，卻比約定時間晚十分鐘才進去。當然其中有些人偶爾也會嚴格遵守時間，這種時候我會聽著對方訓斥而開心或僵硬。

走進事務所時，老爹和尼娜❶已經坐在沙發上。

「太慢了吧？」

才進門，就聽見老爸怒罵。

「對不起。」

「還嘻皮笑臉！你怎麼每次都這樣？」

「很抱歉。」

「還笑！」

「不好意思。」

我在大哥示意的角落椅子上坐下。

事務所裡只有老爹、尼娜、大哥和老爸。年輕人似乎全離席了。

「你帶他們去『清水溝』吧。」

「咦？帶他們去嗎？」

「對。他們有點玄機，是前陣子在中國生產毒品那些傢伙介紹來的禮物。你知道阿野嗎？」

「知道。」

「他在深山的毒品村抓到他們，不過這兩個不是毒蟲。」

「他們擅長空手道或什麼殺人技嗎？」

「好像也不是。不過聽說可以當作厲害武器。你去確認看看，帶著攝影機去拍下『清水溝』的過程帶回來，後頭我們要看。」

「什麼？如果他們什麼都不會怎麼辦？對方可是『水溝』呀……」

「那種傢伙要逃、要死、要殺都無所謂，反正不過是『水溝』，到哪兒都違反仁義道德的傢伙，無須在意。」

「是……」

「首先是車高短❷兆治。你現在去他那邊，他應該在。」

❶註：尼娜：原意是「反聖嬰現象」（La Nina），源自西班牙文。反聖嬰現象會造成原本的特性更加強烈，譬如夏天更熱、冬天更冷等。

「不會吧，車高短？」

我接過車鑰匙，帶著攝影機、老爹和尼娜出門。

老爹一上車就開口問。

「你是『低級』嗎？」

「呃？低級？什麼意思？」

「上下關係，下面的人，低級。」

「啊啊，你是說『低階』啊，在那家公司是那樣，不過也不是那樣。」

「啊，是嗎？失望。」

「為什麼？低階的人比較好嗎？」

老爹沒回答，望向窗外。

「日文說得眞好，在哪邊學的？」

「本日❸。善領時。」

「善領時？」

「戰爭。」

「戰爭？啊，不是『善領』，是『佔領』啦，哈哈哈哈。」

尼娜在後座閉目養神。髒兮兮的白色連身裙底下露出膝蓋。

車高短兆治，這綽號顧名思義是因為腿短到不行的關係。兆治原本在咱幫老爸底下工作，從他沾了安非他命的原料源頭後，性情大變，不再把錢呈上來，還把底下的人殺到半死，最後更陸續使出高難度動作，把原料賣給其他幫派中飽私囊。也因爲如此，他遭到追殺，手指只剩下左手三根，腦袋像除夕夜的鐘一樣遭球棒狠打，早就不太正常。幫裡原準備就這麼放過他，結果我們不斷收到抱怨，說他偶爾會假借咱幫的名號喝霸王酒、白嫖。

「話說回來，老爹，小心點，對方不是普通人喔。」

「我知道，他胸部很大，對吧？」

「是啊，胸部很大。」

老爹要尼娜自己躲好，站到門前。

我扭開門把；不出所料，門輕而易舉就打開了。沒有小偷會進這種地方，所以根本不需要上鎖。

房間裡是大五郎燒酎、碳酸水、烏龍茶保特瓶的墳場。

在我後頭是老爹，他牽著提心吊膽的尼娜。

遮雨窗關上的關係，房間裡一片昏暗，充滿酒臭味、如內臟腐敗的人類呼吸臭味、垃圾味及霉味。裡頭的房間傳來很像吸鼻水聲音的打鼾聲。

打開紙拉門，老爹倒抽一口氣。

❷註：車高短，日文漢字直接沿用，是汽車底盤低的意思。

❸註：本日，指日本。

車高短滿身通紅的躺在壓扁的睡鋪上，肚子和臉上都沾著血，紫色嘴唇露出的牙齒也都是血。

「嗯……」

我不自覺出聲。

車高短睡成大字形，右手拿著貓頭，左手拿著貓尾巴到貓肚子正中間這段。看來貓似乎是被他撕扯斷或咬斷。

感覺到車高短的存在，尼娜喃喃說了什麼，緊緊抱住老爹。

「你們可以做些什麼呢？」我按下錄影按鈕，把攝影機安置在不妨礙他們行動的地方。

答啦啦答答……

車高短睜開腫得像鱈魚子的眼瞼，忽地起身，注意到手上的半隻貓，鼻子湊近嗅嗅貓的臭味。

「低級！出去！」老爹把我推到門外去。「出去！出去！低級出去！」

「她呢？」

我指著尼娜。

「尼娜沒關係，尼娜會動手，低級出去！」

「什麼啊，出事我可不管喔！」

我直接從玄關走出門外去。

背後傳來車高短的呻吟聲。

在車上等了五分鐘左右，老爹敲敲車窗，動動手指，要我過去。我飛快地回到車高短的房間。

尼娜和老爹一起站在門前。

「他呢？」

老爹聳聳肩。

我順手抓起旁邊的斷棒，鞋子沒脫，直接走進屋裡。

「嗚呼嗚呼……」車高短所在的房間傳出奇怪的聲音。一看，他人正趴在角落，不曉得在做什麼。

我拿起攝影機，靠近車高短繼續錄影。他邊搖頭邊扒著榻榻米。溢出的眼淚和口水一起流淌到下巴滴下。

「咿！咿！」

那傢伙突然變得紅通通，停止揪胸口。不是死了，他的胸部仍在起伏，可是以腳用力踩踏他的臉，他也沒有反應。挪開腳，只看到他呆然望著天花板的臉。

如果這是意志力造成的話，眞的太厲害了。

「尼娜，沒有家人，大家都被殺掉了。」三人坐在Denny's家庭餐廳裡。老爹邊吃聖代邊說。

「戰爭之類的原因？」

「不是，被村民殺掉了。因爲尼娜太強了。」

尼娜雙手拄在桌面，支著臉頰。她已經喝掉三杯冰淇淋蘇打。

「我會說『本日語❹』，爲了國家，爲了人人討厭的軍隊。被叫去，晚上可以看到郁美～哭著和可愛的蘇道別～」老爹配合奇妙的曲調打拍子。「我做完工作後，就能拿到錢，和尼娜一起去找達賴喇嘛，請達賴喇嘛讓尼娜恢復正常，在那地方生活到死爲止。」

「錢？老爸會給你嗎？」

「我們約好了，男人與男人間的約定。」

我幫老爹又叫了份聖代，開始確認錄到的影片。

畫面中可以看到我出去之後，車高短把貓丟向老爹，從睡鋪跳起來。

影片突然出現線條，然後車高短的動作變得很詭異。

他開始用手想要揮掉什麼東西，跟著順勢倒在睡鋪上舞動四肢。到這裡，老爹牽著尼娜的手離開房間。

「這是怎麼回事？」我忍不住低聲說。

「帝王的靈光。」

老爹似乎是在回答我的問題，卻不肯告訴我什麼意思。

下一個清除目標是皮條客阿平。這名男子最擅長拐騙女子，讓她們染上毒癮後，逼她們去賣淫。他害幫裡相關人士的女兒染上毒癮，還打算把她賣了，結果被砍到半死不活，雙手雙腿都被砍斷，現在連鼻屎也不能挖。聽說這樣大家還是饒不了他，偶爾欲求不滿的年輕小弟會突然襲擊他，把他打到不成形。

那傢伙的家就位在車站垃圾場後側。

省去招呼，我踢開簡陋公寓的簡陋門鎖，進入屋內。這裡也是垃圾場。我深切感受到中高年齡層衛生教育不徹底造成的遺害。

「誰啊？」——他說話的意思是這樣，不過現場聽到的聲音要更加懶散、含糊，和他本人一樣。

我理所當然地穿著鞋子直接走進屋裡，打開裡頭的紙拉門；便宜公寓的隔間基本上到哪裡都一樣。

「誰？」

讓我驚訝的是，阿平已經幾乎不成人形了。牆上留有他本人的血手印；那個印子現在看起來應該只會感覺懷念吧，他手腳的手肘、膝蓋都被切斷。肚子太大，讓他看來好像一只穿了衣服、躺在地上的電鍋。

「喂，阿平！」

「誰啊？」

「喂，阿平！」

❹註：日本語。老爹的日文很差，經常說錯。

「你是誰呀？」

對手是眼睛看不到的傢伙，兩三下就能夠解決了——我叫老爹和尼娜進來。尼娜還是一樣畏畏縮縮。當然啊，如果我十歲時也像她一樣，老是要到恐怖的地方探險，一定也會發抖。

「低級，是這傢伙嗎？」

「是的。」

老爹看到阿平四周散落的針筒，皺眉。

「那身體要怎麼用這些針筒打？」

「的確很神祕。」

我雙臂抱胸。這時候電鍋突然猛烈旋轉起來，以他的掃堂腿絆倒我，跟著一個沉重的物體重重壓在我肚子上，我感覺自己的胃液湧上喉頭。

「哇啊！」

阿平突然齜牙咧嘴咬上我脖子的柔軟處；我用手臂勒住他；阿平用尖銳的牙齒狠咬，我的手臂上一陣劇痛；接著他趁我鬆懈時，以斷臂殘骸從正上方抵著我的脖子，整個體重壓在我身上。金屬斷裂處快插進我的脖子了。

「嘿嘿嘿，我不會總是坐以待斃啊！呸！下次殺了你下次殺了你！我呸！什麼拿我當沙包練習？我呸！」

阿平每開口說一次話，就會對我吐口水。

「老爹！快逃！快離開房間！」

可是，也不曉得老爹是愚蠢還是人太親切，他打算把阿平扯離我。

「住手！」

阿平突然用剩下那隻手狠狠揍老爹。

悶悶的金屬聲響起的同時，老爹跌到尼娜腳邊。

尼娜慘叫……

就在這瞬間，我置身在完全黑暗的狹窄袋子裡，呼吸困難。吐氣、吐氣全是二氧化碳，我要呼吸的氧氣只有那麼一點點。焦急的身體發熱。什麼也聽不見。耳朵因爲寂靜無聲而開始耳鳴。「喂！」我喊叫，身體掙扎，沒有聽到任何回應。怎麼可能有這種蠢事——我扭動身體掙扎。類似膠帶的東西貼上我的臉和鼻子，只剩下膠帶和鼻梁間偶然形成的縫隙，以及扭動嘴巴時弄出來的空隙還能夠呼吸。耳裡只聽見自己呼吸的聲音。再叫一次，沒有回應。狠狠深呼吸一口氣，空氣卻只夠充滿半個肺。必須不斷呼吸好幾次，否則肺部會沒空氣。空氣稀薄。毛細孔開始一個個發癢。不，已經沒辦法呼吸了，氧氣沒了。我心一橫改用嘴巴呼吸，可是痛苦仍然在，完全沒有呼吸到新鮮空氣的感覺，肺部和鼻子只是在空盪的空間中自主動作罷了。胃部深處往上壓迫尋求空氣。我前後移動自己的身體，手腳無法自在行動，只是慢慢地慢慢地等待窒息死亡的一刻到來。我大叫我叫我叫我叫……。

突然有人拉住我的手臂。猛然回過神，我看到老爹的臉。我太過害怕，還無法相信自己眼前的房間景象，沒辦法輕易慶幸自己得救。我來回看著天花板，確認這不是那個討厭的窒息空間，終於出聲。

「這、這是怎麼回事……」

我害怕到口齒不清，無法好好說話。窒息的夢是我從小就害怕的噩夢之一，最近幾乎已經不再夢到了，但小時候我常因為這夢而昏厥過去。在夢裡的我真的因為窒息而昏厥到天亮。這種事前毫無徵兆就出現的噩夢，可說是我最致命的心靈創痛。剛剛我突然被這夢包圍了好久，而且又真實的難以置信。

我聽到旁邊傳來鏗鏗聲。一看，阿平睜大眼睛，嘴巴一張一合，身體只是偶爾抽動，臉上則是不折不扣的恐懼表情。

「這傢伙也窒息了嗎？」

「不是，這傢伙有這傢伙的恐懼症，你有你的恐懼症。」

「恐懼症？」

「恐懼症，就是你害怕的東西。有人怕針、有人怕高、有人怕水、有人怕狹窄空間、有人怕蜘蛛，千奇百種。尼娜只是讓人陷入恐懼而已。」

我看看尼娜。她正一臉驚訝的吸著手指。

「尼娜讓人陷入恐懼，我負責解除幻覺，所以你才能夠出來，那個傢伙則如你所見。你因為和那傢伙糾纏在一起，才會一起中了尼娜的幻象。」

「如、如果幻象沒解除，我會怎麼樣？」

老爹握拳的手在腦袋旁邊轉了兩三次後，張開手掌。

「就會——啪！」

正如他所說，阿平翻白眼、嘴裡像螃蟹一樣吐出大量白沫。

「心臟無法負荷，大家都會死掉，看到最害怕的東西，而且不斷持續，心臟應該會壞掉。沒有人受得了，所以……」老爹話說到這裡停住。「大家都生氣的要把尼娜和她的家人一起殺掉。我想阻止。我是和尙，和尙不殺人。」

我緩緩站起身。尼娜在微笑，但我的表情僵硬到無法回應她。

那天晚上我不敢睡，全身上下都還記得當時的恐懼。

我意識到在孤獨中死去的絕望。窒息——最痛苦的痛苦。我自以為克服了那些，不把消失的東西看在眼裡，太天眞了，殊不知那些東西只是如地層般扎實沉積在我的意識底層，而尼娜就像個考古學家，把那些東西一舉翻出來。

我抱著膝直到天亮。

這是二十年來第一次。

隔天、再隔天，我繼續帶著老爹和尼娜忙著「製造廢人」。

我原本就不認爲那些人活該，尤其在我親身體驗過後，看法更是大變。這麼說有點奇怪，總之我覺得他們有點可憐。

既然幫裡人不中意的狀況一再發生，何不乾脆把那些傢伙塞進汽油桶，把他們賣去拍同性戀影片，或者讓他們搭鮪魚船❺？搞不好有些人死了比較好。

我想起痛苦翻滾喊著「掉下去了……要掉下去了……」的傢伙，和瞬間白髮的傢伙。

「啊？」這天，我看到清理名單上最後的名字時，叫出聲。

……矢島孝之。

「這傢伙約莫半年前搗毀咱們幫裡出資經營的賭場後逃走。怎麼？你認識？」

「嗯。」

「之前那些垃圾都是些腦袋不正常的小角色。這傢伙看來沒嗑藥，頭腦也不錯。如果能讓這傢伙失常，就證明小女孩眞有本事，剛好做個驗證。前天幫裡說要掛了他。你去處理一下。」

「他是我高中死黨。」

「那又怎樣？」

大哥掛了電話。名單上的照片影本有些模糊，但我確定他就是那個矢島。

我很自然地打電話給矢島談正事，要他一個人到抵押給幫裡的出租大樓房間來。那地方到上個月爲止還經營著按摩店，警方臨檢過後，客人漸漸不再光顧而倒閉。

我要老爹和尼娜在隔壁房間待命，自己在約定地點等待矢島。

約定時間一到，門上響起敲門聲，然後是開門的聲音。

「你在混黑道嗎？」

進來的矢島看到我，驚呼一聲。

「彼此彼此。」
「算了……找我來做什麼？」
矢島從西裝口袋拿出香菸點燃一根。
「香澄好嗎？」
「搞什麼，沒頭沒腦的，現在是敘舊的時候嗎？」
「她好嗎？」
「啊啊，好得很，老是在陪小鬼玩。」
他一瞬間想起她害羞抬頭的表情。
「矢島，你快逃。」
「你說什麼？」
「不快逃就糟了。你已經回不去香澄身邊了。」
「你要殺我嗎？」
「更糟。」
矢島笑了笑。
「你還是老樣子，就愛咬文嚼字。快點辦正事吧。」

❺註：搭鮪魚船，據傳日本黑道過去會讓欲教訓的對象搭上鮪魚船，幫忙捕魚，乘機推進海裡餵鯊魚。但此說法並未獲得證實。

「你確定？」

矢島沒有回答。

我叫老爹和尼娜進來。

「怎麼回事？要開始街頭表演了嗎？」

「永別了，矢島。」

我說完，離開房間。

我在一樓的摩斯漢堡殺時間，看到老爹下樓來慌慌張張對我招手。

「矢島！」

我出聲喊叫時，周圍已是鮮血四濺。

「刀子，他帶著刀子。」老爹大叫。「進裡面去了。」

尼娜抱膝坐在一旁。

「矢島！」

他人在房間正中央。我聽到啜泣聲。他看著我，可是表情嚴重扭曲、耳朵朝著正面，不斷發出噼哩噼哩的聲音。我終於看懂那傢伙在做什麼了，他正在剝下自己的臉。

「蟲……蟲……蟲……」

他剝到一半，手突然離開臉，拿匕首猛刺自己的大腿。接著他猛然跪下，雙手順勢抓住下巴的臉皮用力扯。我看見他的牙齒像骷髏般整齊排列。他的眼球像要昏厥似的翻轉。

「能不能想想辦法？」

我對老爹耳語道。

「沒辦法，偶爾就是會發生這種事。強者就是會變那樣。現在解除他的幻覺也救不了他了。」

「嘖！」

我留下矢島，帶著老爹和尼娜離開。

「意思是，只要那女孩看一眼，就會引發幻覺？」看完錄影帶後，老爸喃喃說。

「是的。」

「眼球上有什麼特殊裝置吧？」老爸看著尼娜微笑，尼娜的表情還是沒變。

我和老爹、尼娜一起坐在事務所裡。

老爸問了許多事情，我說明，不知道的地方再問老爹。

這時候大哥把我叫到角落。

「再過一會兒，老爸就要付錢給老爹了，你讓小女孩喝下這個。」

「這是什麼？」

「安眠藥。連馬喝下都會睡著，省得到時候動手動腳。」

「動手動腳？什麼意思？」

「小女孩反抗啊！你算好小女孩喝下藥後藥效發作的時間，讓她睡到隔壁房間。那老頭我們處理。」

「你們想怎麼做？」

「廢話，當然是讓他消失。我們要的只有小女孩，不需要臭老頭。」

大哥把藥包和汽水瓶塞給我，回到其他人那裡。

我別無選擇地把藥倒進瓶子裡。

「好，我們付錢。」

聽到老爸的話，老爹心情大好。

「太好了、太好了。這樣子我們就能去達賴喇嘛那裡了。」

老爹用家鄉話對尼娜說明，尼娜開心的高舉雙手。

「要不要喝點東西？」

裝了現金的公事箱已經擺到桌上了，我卻還沒拿汽水出來，老爸焦急的說。

「好。」

我從廚房拿出藥已經完全溶解的汽水；端給尼娜時，故意沒放好把它打翻。

「王八蛋！」

「對不起！」

大哥揍了我一拳。

「好，我們走吧，尼娜。」
老爹突然抓住公事箱準備起身。
「喂喂，老爹，讓尼娜喝個汽水吧，我馬上叫人換杯新的來。」
大哥擋在老爹面前說。
「不用。」
「爲什麼？別糟蹋我們難得的好意啊。」
「請讓開。」
老爹想離開。
「眞拿你沒辦法。」老爸拿出手槍。「告訴小女孩，隨便亂來的話，我就殺了老爹。」
尼娜低著頭，似乎明白他的意思。
「果然沒錯，你們想要的是尼娜的能力。想要尼娜的眼睛是吧？」
「沒錯，你很懂事嘛。」
聽到老爸的話，老爹突然咬上尼娜的臉……看來是這樣。
「呀啊！」
噗！呸！
「噁！怎麼會有這種老頭！」大哥叫道。
老爹吸出尼娜的眼球吐在地上。
尼娜伸手遮住原本有眼球的雙眼，當場蹲下。

「臭老頭！」老爸氣得滿臉通紅。

「流氓！給我聽好！我們爲了能夠和平生活所以做壞事，是爲了錢！我本來早就想對尼娜這麼做了！這孩子沒有眼睛比較好。可是最後，用來活下去的力量卻被用來做壞事。錢我們不要了。尼娜已經沒用了，拿去啊！」

「混蛋！」老爸舉槍對著老爹。

下一秒，老爹靠近老爸，搶下手槍。

「快出去！尼娜！」老爹把公事箱交給我，拿老爸當人肉盾牌準備出去。

這時候正好開門進來的嘍囉衝向老爹，兩人扭倒在地。

「這個臭老頭！」老爸立刻搶過大哥的槍，對老爹開槍。

「不要！」老爹發出苦悶的叫聲瞬間，尼娜喊了句中文。

事務所的模樣溶解了。

我被吸入那個窒息空間，透過薄膜看到老爸和大哥，雖然僅僅一瞬間。

老爸躺在迴轉電鋸台上，從臉被劈成兩半。

大哥的眼睛插著針。

此外還看到其他事務所的傢伙。

有人一直往下摔。

有人被鋪路用的壓路機從手指整個輾過。

現場一片淒厲，猶如地獄。

我也跟著張開嘴，眞正的窒息感以及快壓碎肺部的壓迫感席捲而來，我快不能呼吸了；不論鼻子怎麼吸氣，還是呼吸不了。

意識愈來愈模糊。

突然有人拉住我的手臂。

一看，我正望著天花板。

躺在我身邊的老爹看著我微笑。

尼娜把臉湊近老爹的身體。

「尼娜，達賴喇嘛。」

老爹對我說完，接著對尼娜說了什麼之後，便不再動。

我問尼娜：「怎麼辦？」

尼娜摸了兩次老爹的臉頰後，站起身。

老爹吐出的眼睛在牆角閃閃發光。那是義眼。

「尼娜。」

聽到我的叫喚，尼娜緩緩摸索走近，緊握住我的手。我們撿起掉落的公事箱，拋下那堆哭喊、痙攣中的大男人，離開事務所。所裡應該馬上就會安靜下來了。

「總之我們往北邊去吧，應該會有船願意載我們。」

我這麼說。

8

傳信貓

爲什麼大家不能對所有事物更體貼？如果每個人都把別人的事當作自己的事一樣重視、把別人的夢想當成自己的夢想一樣看重，只要這樣，世界就會充滿希望了呀……

千紗抱膝坐在房間角落，恍惚望著榻榻米上陽光與陰影的交界處。

剛剛的淚水已經停了。

榻榻米另一頭有張床，床上方的窗戶稍微開了點縫。

爲了讓紗千能夠回來。

太陽已經完全下山，四周漸漸暗了下來。

千紗仍舊忘不了今天早上發生的事。

即使她吃下止痛藥整個人昏沉沉，唯獨那件事，還是會在睡意侵襲之際偶爾甦醒於腦海，讓千紗的胸口一陣噁心。

今天早上，她前往垃圾集中處倒垃圾途中，遇到三名小學生聚在一起。

仔細一看，他們正用雨傘尖端戳弄著路上的某個物體。

還以爲他們正互推骯髒的手帕玩鬧，不對，手帕在「叫」。

忍不住走近一看，是隻雛鳥。

附近並沒有能夠築巢的行道樹，千紗想不透那東西爲什麼會掉落在住宅區的正中央。圍著牠的小學生們拿塑膠雨傘的尖端，打算翻過不斷顫抖的雛鳥。

「快住手，別這樣，牠太可憐了！」

聽到千紗的聲音，小學生一起回過頭。

「阿婆，這個是骯髒的烏鴉耶。」體型最大的少年輕蔑地說。
的確如他所說，那是舊抹布顏色的烏鴉雛鳥。
「可是牠很害怕，而且可能受傷了。再說，你怎麼可以叫二十歲的女性阿婆？」
「可惡！」
「囉哩八嗦！」
千紗右手邊的兩個女孩子小聲說，回瞪千紗。
「射門得分！」
第一個說話的少年突然抬腳一踢。
啪嘰一聲，雛鳥像濕抹布一樣撞上牆壁後掉落，動也不動，眞的像坨抹布躺在乾泥地上。
「你們做什麼？」
雛鳥張開的嘴裡有鮮血和舌頭。剛剛還耀眼奪目的眼珠，此刻已經什麼也看不見。雛鳥像被關掉了開關，死去。
「可惡的老太婆！」
「囉哩八嗦的老太婆！」
小學生們當千紗一開始就不存在似的，大搖大擺離去。
千紗想拾起雛鳥屍體，卻無法移動。她從來不敢碰死掉的東西。
心裡想碰，實際上身體卻愈來愈僵硬。最後她無計可施，只能佇立在那兒直到回神，才回自己家裡。她疲憊得渾身無力。吃下藥，坐在房間角落。

紗千想出去，千紗幫牠把窗戶開了道縫。牠擺動長尾巴像在說再見，鑽出外頭散步去。窗戶另一側正好是隔壁人家的圍牆。

千紗住的公寓不准養動物。

她又吃了一次止痛藥，閉上眼睛。身體好熱，發燒了。脈搏跳動陣陣來回於手指與全身。愈是這種時候，她愈是確切注意到自己其實還沒脫離聰史造成的心靈傷害。

還沒向父母報告大學退學的事。當初明明不惜重考也要念，卻因爲和聰史談戀愛而全變了樣……源自嫉妒的暴力行爲、分手後的跟蹤，以及精神面的危機——這一年彷彿生活在地獄，別說警方，連朋友都不願伸出援手，更甭提如果告訴鄉下的父母，他們原本打生理上就反對獨生女一個人上東京來念書，被知道女兒捲入麻煩事，而且還是因爲戀愛的話，鐵定只有強迫回鄉一途。千紗很害怕，因爲這對於希望成爲服裝設計師的她來說，等同宣判了死刑。

她現在只想快點養好身體，找個服飾業相關或高級服裝店店員的兼職工作、累積人脈，並且去念服裝相關專校。

……我想要魔法。千紗衷心企盼。

一嘆氣，藥的成分就會慢慢紓解她的緊張。

她抱著膝順勢躺下，沒打算上床去睡，就這樣瑟縮在房內一角。

像貓一樣、像雛鳥一樣……

一留神，散步回來的紗千發出柿子落下般的聲音，從床上跳下榻榻米。

千紗喜歡背對去聽那聲音。只要她一背對紗千，牠就會用身體磨蹭過來，像在抗議：「看我這邊！」平常總是冷冰冰的紗千只有這種時候才會撒嬌，這對千紗來說非常重要，特別是今天這種心情低落的時刻，紗千的「黏」格外能夠撫慰她的心。

紗千的柔軟肉墊摩擦著榻榻米、朝千紗的背後靠近，然而牠卻一反期待地沒有磨蹭上千紗的身體。一看，牠正蹲在床下一角窺著千紗，邊舔著前腳。

「怎麼了？」千紗起身。腦袋還昏昏沉沉，但大致上已經不痛了。

房間黑漆漆，紗千所在的床腳下更是消融在黑暗中看不清楚。

千紗起身開燈。日光燈的白色光線清楚照亮整個房間。紗千正抓著一個白色鋼筆蓋模樣的物體。

上面有指甲。

「紗千！不行！」聽到千紗毛骨悚然的聲音，紗千趕忙跳上衣櫃避難去。牠叼著的那個物體半路掉在床上。

那東西滾落在鮮紅色的床罩上，看來很像吃到一半的千歲飴。

紗千一直靜靜注視著千紗的舉動。

那是小拇指。從根部被切下，連第二指關節都完好留在上面。指甲上塗著鮮艷的橘色指甲油。

千紗看看衣櫃上的貓。

「妳爲什麼有這東西……？」

紗千張大嘴伸懶腰回應，然後搔搔耳朵後方。

千紗拿免洗筷將手指夾進醬油皿，擺在餐桌上。除了橘色之外，手指上沒有稱得上色彩的顏色。皮膚顏色與切面中央的骨頭相近；手指的切口像洋裝裙襬一樣擴散開；湊近鼻子，就會聞到一股很像紗千貓糞的臭味。

手指還在床上時，千紗曾兩度拿起手機。第一次是立刻反應；第二次是帶點猶豫……最後還是沒能報警。報警的話，養貓的事情就會被揭穿，搞不好警察會通知爸媽，老愛操心的爸媽一接到警方電話，隔天就會趕來東京，開始一如往常地追根究柢，而我一定會自動坦承退學一事。加上房屋仲介在打契約時已經數度叮嚀不准養寵物，養貓的事情一旦被知道，仲介恐怕會要我隔天就搬出去。

即使知道不能養，她還是養了紗千，一方面是因爲她的房間位在走廊另一側最邊間，再來是貓咪出入只要利用靠近隔壁住家圍牆那扇窗即可。那天，千紗沒辦法對棄養在公園長椅處的小貓視而不見；小貓在瓦楞紙箱裡淋著雨一邊鳴叫、觸電般的顫抖；身旁是已經沒動靜的兄弟。看到小貓怎樣也不願離開她伸進去的手，千紗想起芥川龍之介的《蜘蛛之絲》❶，忍不住把貓抱了起來。

她希望小貓幸福，於是爲牠取了和自己名字相反的「紗千」❷。

千紗再次凝視醬油皿中的手指。手指的主人怎樣了?這附近雖有不少家醫院，但沒可能是紗千潛入手術室偷來的吧?也沒有火葬場。這時她注意到指腹側面有「割痕」，看來像是美工刀造成的痕跡。千紗拿起手指細看。冷冰冰的手指拿在手上只覺得像是電影的小道具，一點眞實感也沒有。她注視著割痕;割痕不只一處，指腹、整根手指都有;不是機械弄出來的傷，割痕與割痕彼此交錯……千紗的腦中突然靈光一閃，拿來醬油罐在傷痕累累的指腹上滴了一兩滴醬油;褐色的液體爲傷口著上顏色。

千紗嚇得屏息。

「妳在哪裡撿到的?」

紗千下顎擺在前腳上，只是看著千紗。

「妳從誰那兒拿來的?」千紗邊說，邊看向醬油皿裡的手指，聲音在發抖。

白色的指腹上浮現傷痕組成的文字——「救我」。

「紗千，哪邊撿到的?」聽到千紗大喊，紗千伸伸懶腰往窗子外頭離去。

❶註:《蜘蛛之絲》，芥川龍之介一九一八年發表的短篇小說。內容說釋迦於天上散步時，無意中俯見萬惡大盜犍陀多在地獄中受苦，想起他曾救蜘蛛之事，順手拿了一根蜘蛛絲垂向地獄讓他爬上，結果其他受苦眾生也跟著要爬上，卻被自私的大盜趕下，一陣拉扯，蜘蛛絲斷了，大盜跌下更深的地獄深淵。

❷註:紗千，日文發音「Sa Chi」，是「幸福」的意思。

千紗自己也連忙朝走廊追出去。猛力打開房門，另一側發出一聲悶響，跟著是抗議的聲音，一看，隔壁房間的中年男子正瞪著自己。

「喂！很危險！輕一點！」

對不起！千紗鞠躬道歉完，快步跑開。她看見沿著隔壁圍牆離開的紗千，正溫溫吞吞地在馬路上前進。

千紗追著快要被黑暗吞噬的白色身影。

離開巷子，來到四線幹道上，直直往前走就能到達當地很有名的賞花公園。千紗跟著走在人行道上的紗千後頭，走了一陣子後，來到櫻花林蔭道。紗千突然跑起來。千紗慌慌張張追趕也沒用，最後只有目送紗千的背影離去。

紗千跑進一個老舊的大社區。

無計可施的千紗只好回家。那個社區的確住著不少流浪貓。聽說曾經有一段時期，餵食流浪貓的舊居民和新搬來的居民間曾發生爭執。

回到房裡，手指仍躺在醬油皿中。

——救我。

醬油乾了，顏色褪去了，卻讓這兩個字更清晰。

……自己切下來的。

所以手指切口這麼不整齊，這麼想就合理了。這手指的擁有者拿美工刀等工具把手指切下。皮膚、筋膜、肌肉、血管，這些東西不是全都那麼容易切斷，特別是要割下神經與骨頭時，必須忍著讓自己不昏厥過去。做到這種程度只爲了獲救，擁有者一定被監禁在某處了！綁架……兩字浮現腦袋，如果是這樣，也就無怪乎報紙新聞沒有報導、無怪乎她不知道。媒體自律規範管理，所以遇到這類事件，除非犯人遭逮捕或被害人死亡才會報導。

蹦地一聲，紗千再度回到床上。

「妳剛剛去哪裡了？」千紗還沒說完，注意到貓脖子上的項圈。上面夾了個東西，是張紙。千紗壓住抵抗的紗千，拿下紙。紙上寫著手機號碼——090-xx34-67xx。

這時手機突然響起。

螢幕上沒有任何名稱顯示。千紗猶豫了幾秒，還是接通。

「喂……」對方沒說話，但確實能夠聽到呼吸聲。「喂……」

「……殺掉……」粗啞的男人聲音黏上耳朵深處。

「呀啊！」千紗忍不住甩開手機，起身關上窗，確認門鎖。看看鐘，時間已近十一點。腦子裡有個聲音叫她要報警。可是另一方面，報警後會帶來的問題又該怎麼辦？她不知所措。一陣令她昏厥的睡意突然襲來，麻痺了她的身體中心。自從太陽穴遭聰史拿鐵製啞鈴毆打過之後，她偶爾會像這樣思考到一半斷線。二流醫生企圖以「高階腦功能障礙❸」說服

❸註：高階腦功能障礙（Higher Brain Dysfunction），腦損傷引發各式神經心理學症狀，如記憶障礙、社會行爲障礙等認知障礙。

她，她自己卻沒有實際的感覺。總之，睡吧。千紗拖著身子，再次確認門已上鎖後，倒向睡床。

她突然注意到餐桌附近隱約有些光亮。電燈明明開著沒關，房間裡卻一片漆黑。

「紗千……」輕輕叫了聲，沒有回應。

喀嘍……噺。流理台那邊傳來什麼東西拖行的聲音。

喀嘍……噺。喀嘍……噺。有個人影朦朧出現在黑暗中。對方似乎對餐桌上隱約發光的醬油皿很感興趣。那是位衣衫襤褸、披頭散髮的醜老太婆。這時肩膀突然被抓住，轉過頭，一個整臉潰爛的人從身後抱上來——被抓住了！——千紗鼻子裡聞到血腥味，同時失去意識。

隔天睜開眼睛，房內沒有異狀，紗千正待在衣櫃上頭洗臉，醬油皿也仍舊在餐桌上，唯一的差別是手指已經因爲布滿無數的螞蟻而一片漆黑。千紗連忙噴上殺蟲劑，以拖鞋擊打螞蟻。幾隻螞蟻頭部才探入指肉縫隙就死去。清理螞蟻時，千紗想起昨天的老太婆，渾身打顫。

過了中午，紗千頻頻撥著窗戶想出去。千紗雖不想放牠出去，但必須讓牠去上廁所。千紗害怕臭味薰染房間，所以讓紗千在室外大小便。

「妳別亂來喔。」千紗說。一打開窗，紗千連忙飛奔而去。

這時候手機再度響起。螢幕上什麼也沒顯示。千紗有股冰冷的預感。

「喂?」

「眞是隻可愛的貓啊。」

她感覺自己的心臟被誰狠狠緊揪。

「紗千!」她忍不住大叫出門,拚命狂奔。看到她那個樣子,公車站的老人都好奇地抬起頭。紗千被誰狠踹、摔開的模樣一個接著一個在千紗的腦子裡浮現又消失。淚水不知不覺地湧出、滲入視線範圍。即使如此,她卻沒辦法大聲呼喚愛貓的名字。她追蹤著紗千,一回過神,發現自己正站在那個老舊的社區前面。屋頂上站了成排烏鴉。看到那些烏鴉,她也不會湧起在那隻可憐雛鳥身上感覺到的親切。此刻在那兒的烏鴉,對千紗來說,只是不吉利的象徵。

她找著紗千的白色身影,但眼睛所見只有幾間乾巴巴水泥牢籠般的「屋子」:陽台上的花朵乾枯、髒兮兮的衣服七零八落地垂掛窗前;生鏽的三輪車、破損龜裂的牆壁、剝落的鋪木地板;鞦韆發出猴子的嘰嘰聲,聽來刺耳。無可救藥的廢棄房子。千紗決定回家。

才回到家,就在入口處遇到昨天的男人。千紗盡量不和男人眼神交會地走近,結果男人開口:

「妳是不是養了什麼東西?別誤會,我沒什麼其他意思。」

「什麼也沒養。」千紗冷漠僵硬地回應完,不管對方反應就進了屋裡,脫下涼鞋。她聽見男人的呻吟聲,門上還被敲了一下。

紗千沒回來。千紗抱膝縮在房間角落。室內充滿討人厭的臭味。寫著電話號碼的便條紙掉落在地上。千紗決定打打看那支電話。打通後，如果對方抓住紗千，她要和對方交涉，並告訴對方如果不把紗千還來，她會帶著手指去報警。

電話嘟嘟聲持續，然後有人接通。

「喂……？」

千紗開口前，先聽見了男人的喊叫聲，以及其背後女子哭喊的慘叫聲。

「喂……」

千紗掛掉電話；她沒辦法繼續說下去，那名男子一邊拷問著女子，一邊接電話。仔細回想起來，那聲「喂」裡頭好像還潛藏著笑意。「變態凌虐狂……」千紗為自己太過輕敵而戰慄。在那個社區深處某個眾人忽略的地方，一定有「神祕房間」——男人將女性誘拐拖入那間外表看不出異狀的刑房，加以凌虐。

想到這裡，她感覺自己背後有股視線，回頭，看見有人正從縫隙偷窺房間裡頭，就是那名白髮女子。女子以完全發狂的眼神對千紗笑了笑，便消失身影。

千紗往門外走、準備追出去時，聽到「喵」的聲音。

一看，紗千和平常一樣從窗子跳下床、榻榻米，往衣櫃輕輕移動。

「紗千！」她不禁叫出聲，抱起貓，無視牠的反抗，不斷摩擦牠的臉頰。「有沒有事？受傷了嗎？怕怕喔。」

紗千沒什麼異狀。等到好一陣子的歡迎儀式結束後，紗千像盡完責任似的回到衣櫃上頭。

「現實的傢伙！」千紗臉上浮現安心的笑容，突然注意到靠近天花板的牆壁上有個奇妙的印子。一條手指畫上的紅線附著在牆上。靠近一看，毫無疑問地那是血痕。

結果手機再度響起。螢幕上出現剛剛的電話號碼，也就是便條上的號碼。

「喂……」

「……我……」男人的聲音很難聽清楚。「……等著……千紗。」最後一句話讓千紗感覺到下半身要崩塌的恐懼。她拋開手機，發抖癱坐地上，看向隔壁房間忘了關的電視；昏暗的映像管髒兮兮。千紗壓抑著身體的顫抖站起身，來到電視機前，按下遙控器的開關。就在電視畫面大放光明的同時，那東西像著火般露出真面目——螢幕上貼了個乾涸的黑色手印；少了小拇指的手印往下方延伸出的東西，毋庸置疑是血滴。千紗面對這衝擊的事實，感到胃一陣翻騰；她快吐了。

……那些傢伙知道這裡了！

同時千紗想起曾經聽過的男人聲音，她不很確定，但腦海裡浮現一個高壓且時而暴力相向的男子身影。這時候，紗千從衣櫃跳下來到自己腳邊，一個翻身露出肚子，牠的肚子上用黑色麥克筆寫了「千紗」。恐懼與戰慄讓她目眩。聰史……那傢伙的確有可能跟在紗千後頭找到這房間。

那傢伙有可能。竄滿全身的腎上腺素驅使千紗移動，她開始將換洗衣物塞進手邊的包包裡。必須快點離開這裡！接下來會被殺掉！那個男人在我耳邊這麼說了！抓起錢包、撿起手機。這時候千紗感覺聰史的手臂像條蛇伸向自己的腹側。她忍不住大叫。

「過來！」紗千看見她臉色大變而害怕。千紗正準備抓住紗千時，門外突然有人激烈敲門，傳來男子不曉得在喊叫些什麼的聲音。

「救命啊！」千紗全力放聲大叫，急忙抓住紗千，把牠塞進外出用的籠子裡。

她注意到房門的喇叭鎖突然轉動。

「住手！」她邊大叫邊貼著門，抓住門把不讓門被打開。拚死的阻止終究無用，門把離開了她的手，門被用力打開，千紗因爲拉力過大，順勢摔出房門外頭。

那兒有好幾隻男人穿著皮鞋的腳。

千紗撲上最靠近自己的男人，在對方戴著眼鏡的臉上狠狠一抓。

白衣男子突然在千紗的手臂打上一針。

「你做什麼！」手臂被用力扭住，她無法抵抗。

扭住手臂的人是警官。

「啊啊，果然不出所料。」

走進房間的白衣男子看看醬油皿裡的東西後，無奈的說。

「千紗，妳爲什麼要從醫院跑掉？」表情悲傷的老人苦澀開口。「幸好妳有打電話來。」

老人說到這裡便沉默了。

男子帶著千紗回到房內。

「這是？」白衣男子開口問醬油皿裡的小拇指。

「紗千……我家貓咪叼回來的。我不清楚。」

「貓？貓在哪兒？」

「在那個籠子裡。」

她還沒說完，白衣男子已經打開籠子門。從裡頭滾出一個貓布偶，孤零零掉落在榻榻米上，肚子上還用麥克筆寫了「千紗」。

剛剛打的針開始作用了吧，千紗突然感覺腦子裡的霧散了。她看見眼前一位白髮老太婆緩緩舉起左手，凝視著自己失去的小拇指。

在她面前的是一面豪華的全身鏡。

9

傷腦筋的烤肉

從老闆到前輩，阿徹全都低頭拜託，請大家代理工作，好不容易在眾人的協助下，總算取得假期。阿徹剛滿二十四歲，膽小、瘦弱，老是一副疲憊的模樣；老婆楚楚美四十六歲，比他大了快兩輪。兩人的孩子泰造即將滿四歲。

「是男人當然要去烤肉啊！」

在工廠裡製作鍋子的壓模時，義男這樣告訴阿徹；那是一個月前，也就是義男的袖子被捲入壓模機、手指被鋸齒切掉前。

「烤肉？」

「是啊，去河邊生火，然後把肉放上去。」

「要放肉啊？」

「沒錯。改天我再教你怎麼『點燃木頭』吧。」

結果義男切斷了手指，沒能教阿徹怎麼「點燃木頭」。不過去他公寓探望時，義男躺在鋪了幾百年沒收的睡鋪上，畫了張地圖給阿徹。

「去這邊。很棒哦。河流也很棒。可以釣魚，也適合烤肉。」

紙上畫的是前往丹澤河邊的路線。傷腦筋的是，他畫在粉紅沙龍❶廣告傳單背面，正面寫著：「有酸溜溜的花瓣味！」

現在是初夏，天氣不錯。阿徹喜歡待在公寓數榻榻米的線條，或者把手伸進儲米箱裡（這是阿徹的壞習慣）享受冰涼觸感。可是泰造比去年更吵鬧，而楚楚美則苦惱於打工處的老闆對她耳朵吹氣，還有路人擦肩而過時磨蹭她的身體。於是阿徹請了久違的假，說：「我們去烤肉吧！」

義男畫的地圖理所當然地粗略。配合手邊的道路地圖集來看，沿著河岸走，仍舊找不到林間小路的入口。爲了節省高速公路過路費，阿徹選擇走一般道路，還沒到達目的地，欣賞山巒的楚楚美和泰造已經累到張著嘴睡著了。林間小路比想像中狹窄；右側是茂密的雜樹林，左邊是陡峭的懸崖，懸崖側的叢林間偶爾能夠窺見白色的河畔。方向盤如果沒打好、逆轉的話，車子會直接掉下懸崖去。阿徹緊張的夾緊臀部。

「老公，安親班又漲價了。」

原以爲已經睡著的楚楚美突然出聲。

「爲什麼？去年不是才漲過？」

「不曉得……只說要漲。而且我們已經沒錢了。」

「現在才月中耶？」

「嗯，可是眞的沒錢了。」

「還剩多少？」

「三萬左右，可能還不到三萬，大概兩萬多。」

❶註：粉紅沙龍（Pink Salon），日本特有的風俗業種之一，店內小姐爲客人提供口交、手淫甚至性交等性服務的地方。花瓣是暗指女人性器官。

「房租已經繳了吧？」

「房租繳了，可是安親班學費和看牙齒的錢還沒付。」

「錢還沒還給牙醫嗎？」

「因爲要買這次烤肉用的烤肉爐，還有椅子、帳篷、野餐桌、木炭……小熱狗……點火槍和工作手套……工作手套還是白色的好，十組才五百元。你說要買有橡皮顆粒的手套時，我還在想：『啊，如果有白色的就好了。』」

「嗯，不過有止滑顆粒，拿鐮刀時比較安全，我才會叫妳買有橡皮顆粒的手套。」

「徒手就行了呀，人類天生徒手拿武器。」

「沒辦法，反正妳已經買了。」

「我沒有浪費錢喔。」

「我沒說妳浪費錢。」

——又預支薪水了。

阿徹想起老闆死人般的眼睛。指派領不到錢的加班工作時，老闆總是笑嘻嘻、很好說話，可是只要提到機器太舊很危險、要換新，或是累積的鐵粉刺激眼鼻，要他請業者來清掃，他的眼睛就會突然變成死人樣，動也不動。不動的不只是眼睛，表情也是，害阿徹很擔心，不曉得自己說的話他到底有沒有聽進去。面對老闆極度沉默的死人眼時，阿徹甚至會開始懷疑自己是不是說錯話，結果好幾次都沒把話說完。

唯獨這次預支薪水，他硬是忍下來，求了好幾次，無視老闆彷彿沒了呼吸的表情；阿徹逕自直盯自己沾染機油的手與全黑的指甲，不斷鞠躬請求，好不容易才預支了三萬元。

看來只有讓自己受傷了……阿徹突然有這個想法。割腕或壓斷手指，再告訴老闆需要醫藥費，這樣子老闆應該能夠體諒。當然不能眞的受重傷，以免花太多醫藥費，只要稍微用手肘或中指去碰研磨機或油壓機，讓指甲整個剝落或隱約露出骨頭即可，然後面帶傷腦筋的表情跟老闆說要付醫生錢，這樣不就搞定了？工作上出意外會讓人有不良印象，所以要算好時機，在工廠加班結束時製造受傷，然後回家路上順便去看醫生，藉口說是遭到喝醉酒的傢伙糾纏，自己什麼也沒做卻遭痛毆——應該會很順利，搞不好老闆還會給我慰問金呢！阿徹想到慰問金，不禁忘我。

「老公，人家對烤肉一無所知喲。」楚楚美抱起開始撒嬌的泰造，擔心的說。「人家不曾烤過肉。」

「放心，交給我。」阿徹自信滿滿地回答。事實上他也一無所知，卻想裝懂，希望楚楚美認爲他是個什麼都懂、有深度的人。

「我很期待呢……」

聽到高中時期拿掉父親小孩的楚楚美這麼說，阿徹也跟著開心了起來。

他們開著小車子走過林間小路，耗時不到一個小時後，在稍寬的路旁停車，估計方向，往下方走約十公尺左右，來到空無一人的河岸邊。河川緩緩蜿蜒，轉彎處的河岸前方正好是充滿茂密森林的群山，靠近他們這邊則是荒涼的林間小路，正好適合阿徹這類在意他人目光、別人一看就會扭捏、什麼也做不好的初學者挑戰烤肉。由主流溢出的支流在河岸邊形成一個個的小水潭。

楚楚美帶著泰造把手浸到河水裡；他們早已換好泳裝；楚楚美包裹在黑色泳裝底下的肥厚渾圓身體，在搭帳篷的阿徹看來，好像一顆大煤炭球。

阿徹花了三十多分鐘架好簡易自組式帳篷後，拿出烤肉爐，把可拆式爐腳裝上。

聽到小猴子叫喚般的聲音，他猛然抬起頭，看到泰造被河水淹沒到膝蓋處，一副快哭出來的模樣；煤炭球楚楚美則像個燈籠一樣仰躺漂浮在河面上。瘦巴巴的泰造攀上母親。陽光溫暖照射在他身上；安穩的風吹過河岸，耳裡聽見電視上才能聽到的鳥鳴聲。太陽已經越過頭頂了。阿徹連忙看看手錶，時間已過下午兩點。他打開攜帶型保冷箱，確認裡頭的麵、高麗菜、豬肉片、淡燒酌❷，急著開始生火。

阿徹在書店找到野外休閒書，偷偷用手機相機拍下「人人都辦得到！簡單生火法」那一頁。他現在正一面看著照片，一面把報紙鋪在烤肉爐底下，上頭擺上木片，塗上助燃劑，堆上碎木炭，用點火槍點火。火勢超乎想像的大，他拿著圓扇開始拚命搧風。手機收不到信號，乾脆關機。楚楚美注意到烤肉爐升起白煙，帶著泰造回來。煙霧正好燻到和烤肉爐差不多高的泰造。泰造被煙嗆到而慘叫。

「啊啊！有火了！好厲害呢！老公好厲害！」

「還不行，火必須燒到木炭才算成功。」

「老公懂好多喔，連這個都知道！」

阿徹滿足地點點頭，拿著火鉗慢慢加入粗木炭，同時忙著搧扇子。搧風的角度讓木炭轟然一聲散出火星。阿徹的背後與額頭全部汗涔涔。

「你流好多汗。」楚楚美用掛在自己脖子上的毛巾擦擦阿徹的臉。

經過三十分鐘左右，火正式燒到木炭上。阿徹把鐵板架在烤肉爐上。楚楚美讓泰造躺進帳篷裡後，拿菜刀在保冷箱蓋子上開始切起高麗菜和肉片。

「我去小便。別讓泰造接近烤肉爐啊。」

正在喝冰啤酒的阿徹突然感到一陣尿意而走開。

他注意著腳下，來到小水潭邊，拉下五分褲的拉鍊，開始小便。回想起來，從離開家後他就一直忍到現在。小便的時間長得嚇人。小水潭的水與河水不同，看來淤滯混濁，似乎有股腐敗味道。樹葉與樹枝聚集在崩落的懸崖邊，成了類似河川底泥般莫名其妙的堆積漂流物。水潭上還漂浮著兩根較粗的木頭。

阿徹放了兩次屁，就像校長先生清喉嚨的咳嗽聲。這時候，他注意到某個奇怪的物體；那東西就位在伸展到小水潭上方的樹蔭下。原先還以爲只是剝去樹皮的粗樹枝，仔細一看，那是隻又白又長的人手。會誤以爲是樹枝，是因爲手腕以下被聚集在水潭的落葉成堆包覆，看不清楚。阿徹感覺胃附近一陣冷。他有點不太相信，拿起腳邊的石頭連續丟了兩三顆。其中一顆打中手臂正中央，讓那物體整個動起來，手臂、趴伏的頭部從石頭陰影處出現，像個

❷註：淡燒酎，燒酎加果汁等沖淡的罐裝酒飲。

皮筏般緩緩朝阿徹漂過來。長長的頭髮間可以窺見雪白的皮膚，上頭還有一條猶如西瓜剖開的大裂痕。原本停在頭髮上的白色蝴蝶翩翩飛舞，擦過阿徹的鼻尖。

「那是什麼……」

阿徹聽到突如其來的聲音，嚇得轉過頭，看到楚楚美正蹙著眉。

「屍體，小孩子的屍體，有小孩子死掉了……」

楚楚美說完，靜靜盯著阿徹看。

「不是我幹的。」

「廢話。你繼續在這裡遊蕩的話，火會熄掉。」

楚楚美拉著阿徹的手臂，往升著白煙的烤肉爐方向前進。與陰暗的小水潭不同，白色的河岸處新買的帳篷閃閃發光。泰造的藍色拖鞋隨意滾落在入口處。

「炒麵！高麗菜快萎縮了！」

楚楚美的眼睛像發炎般火熱。

阿徹應了聲，腳步僵硬的跟上楚楚美，離開小水潭。

烤肉爐上的鐵板已經滾燙，倒上沙拉油，立刻滋地瞬間化為白煙。阿徹放上高麗菜，拿炒菜鏟拌炒。楚楚美去帳篷看看泰造。阿徹看著寬廣的河岸與對面的群山，拌炒著炒麵材料，模樣看來好像正在發呆。他一邊用水鬆開炒麵，偶爾無心地看向小水潭。鐵板發出的嘈雜聲消散在空氣中，可是——如果突然有什麼濕淋淋的東西站在背後，我該怎麼辦？——這想法卻消散不去。

「喂！」聽到尖銳的聲音，阿徹才注意到楚楚美正抱著泰造從帳篷入口處瞪著他。「我說你啊，陌生人和家人誰重要？」

「什麼意思？」

「我說，現在在你眼前的家人，和沒見過面的陌生人，到底哪邊重要？」

「這不是廢話嗎？」

「那就開心點！爲我們開心點！如果你那麼在意那具屍體，我們就此結束、回家去吧！我很清楚你介意那具屍體。我們特地花了錢、花了時間，也讓火燒得這麼旺，如果你這麼在意的話就結束！不管是今天也好、明天也罷，或者後天。我知道你想去報警。報警的話，警察會不斷地糾纏你，因爲他們很閒。可是我們的烤肉卻要因此結束，全都是因爲你介意的關係。」

「好啦。」阿徹無力點點頭，也對自己說：「我知道了啦。」

「和警察牽扯上，會很煩喔！眞的會很煩！絕對比你想像中麻煩上千倍萬倍！」

「我知道了啦！」阿徹手上的炒菜鏟用力撞擊鐵板。「反正我不去報警，也會有其他人發現，畢竟那具屍體都已經從樹蔭下漂出來了。」

楚楚美的臉上綻開笑容。「沒錯！老公！你眞棒！看來不只是會生火。說得好！對極了！那女孩子的親人一定會發現屍體，這樣那孩子也會比較高興。這決定好！這樣做最好！」

楚楚美起身冷不防親了阿徹一下。有濕抹布的味道。

之後阿徹專心炒麵。過了三點，三人一起坐在河畔吃炒麵。

「搞不好我會喜歡上烤肉。」楚楚美微微一笑，油亮的嘴唇上沾著青海苔。「搞不好我會喜歡上烤肉，對吧？」

「喜歡好啊，很好……」阿徹望著橙色的太陽說。可是他沒有笑；笑的話，未免太不把小水潭那邊的屍體當一回事了。

阿徹爲了避免自己的心思被發現，眼睛看著河流。突然有個東西碰上自己的手臂，一看，泰造正天眞無邪地要爬上阿徹的大腿。阿徹拉起他，繼續看著河流。泰造柔軟的頭髮飄來肥皂和溫柔肌膚的香味。阿徹把鼻子貼近他的腦袋嗅個不停。他最喜歡小孩子頭部的味道。這舉動能夠讓他忘卻討厭的事情。

「那個女孩不是死了，她只是想嚇人，故意模仿浮屍的樣子。」

阿徹突然說出這些話。楚楚美把頭靠上他的肩膀。

「是啊，一定是這樣。」

泰造誤以爲河水時而飛濺的白沫是魚，只要一濺起白沫，他便鼓掌叫好。

這時傳來踩踏石頭的聲音。

楚楚美嚇一跳抬起頭，看向阿徹身後遠處的小水潭。

一名蓬頭蓄鬍的高大男子身穿深藍色工作服，背著木架子、戴著毛皮，一副獵人模樣，站在小水潭邊盯著阿徹等人。男人臉上露出極度不愉快的表情，正面迎向阿徹的注視，眼睛眨也不眨一下。先挪開視線的是阿徹。男人來回看看小水潭裡以及阿徹等人，搔搔下巴上的鬍子，似乎想開口說話。

「老公……」楚楚美害怕的開口。

「別看他，假裝沒看見，和我們無關，我們只是從都市來這裡烤肉，什麼也沒注意到，什麼也沒看到。」阿徹故意說得讓男人聽見，接著站起身。「我們該回家了。」

「啊？也對。該回家了。」楚楚美接過阿徹手上的泰造，跟著起身。

阿徹沒想太多，只想快點冷卻烤肉爐，而直接澆水在仍冒著煙的爐子。烤肉爐發出慘叫般的聲音，水花飛濺，白煙猛然升起。泰造害怕的呻吟。

「嘿嘿，別緊張，這樣子比較快變冷。」阿徹感覺到男人動也不動手扠著腰注視他們；他一邊說，一邊微笑制止楚楚美開口責罵水花濺到泰造。

男人轉向小水潭，拿起掉落在一旁的長樹枝，開始撥動水面，就在阿徹和楚楚美兩人的注視下，男人輕而易舉地把少女從小水潭裡拉上河岸。

「咦？他在做什麼？」楚楚美不自覺堵住泰造的嘴。泰造呼吸困難，再度把母親的手撥開，大叫：「叔叔！你在做什麼？」

泰造的叫聲響徹河岸。男人原本一直盯著撈起的少女，聽到叫聲，又把視線轉向他們這邊來。阿徹等人立刻轉向一旁，繼續收拾野餐桌附近。

「我先把保冷箱拿上車。」阿徹收拾好手邊的東西後站起身。

「不要，要走一起走！」楚楚美手遮著泰造的嘴巴，走近阿徹。

「我把車子開過來一點。一下子所有人都不見反而會遭對方懷疑。他看到你們還在這裡，才不會覺得我們是逃跑，而是眞的烤完肉要回家了。」

男人雙臂抱胸繼續凝視著少女。

樣子看來不像是警察。

「那你要快點回來。」

楚楚美一臉怒意，抱著泰造進帳篷裡去。

阿徹盡量保持正常的步調，從河岸走向林間小路。

男人轉過頭一直看著這邊。這時候阿徹第一次發現他的腰上掛了一個木製刀鞘。阿徹心想，那應該是把鐮刀。

車子還在原本停的地方，可是一眼就看出有些不對勁，走近一看，駕駛座的玻璃整個不見了，正確的說法是整個被打破了。阿徹瞬間嚇呆在原地。他趕忙上車發動引擎。沒有任何聲音。車鑰匙轉了兩三次，車子還是沒有任何發動的聲音，完全像死了一樣。阿徹心裡有股不祥的預感，打開引擎蓋查看，預感果然正確，電池整顆消失。阿徹突然覺得想吐而當場大口喘息。他忍住慌亂的呼吸環顧四周；電池如果被丟進這片茂盛的樹林裡，鐵定找不回來了。

阿徹將車鑰匙收進口袋，回到楚楚美他們身邊。

腳步不自覺加快。

回到河岸時，他看見楚楚美和泰造在距離帳篷有些遠的地方。

小水潭邊的男人不見了。

「怎麼了？」

阿徹問呆然的楚楚美，她卻沒有任何反應；懷中的泰造也是一臉僵硬。

「喂……怎麼……」

這時聽見骨頭碎裂的聲音。

阿徹知道自己身體僵住。楚楚美以眼神示意要他看看帳篷裡面。

男人正背對他們彎下腰。

啪！

他的腳下露出少女躺倒的雙腿。

剝！

男人每次舉起手、放下手，就會聽到聲響，也會看到少女的身體彈跳。

啪喀！

男人的前臂染成鮮紅色，手裡握的鐮刀上不斷拉出細細的紅線。

他將拉上岸的少女支解了。

「我們待在帳篷裡時，他突然拖著少女屍體進來，開始支解……我已經沒辦法繼續待下去了……」楚楚美在發抖。「我們快逃吧！別管烤肉了……」

「車子被破壞了，要逃也只能用走的。」

楚楚美的臉色泛黃，身子開始搖晃。

「我們該怎麼辦？」

「總之裝作不知情。我們有泰造，打起來很危險。別多話，悄悄離開……」
阿徹開始慢慢沿著河岸往下游方向移動。
「……你們好。」
突然有人叫住他們。兩人停下腳步。泰造把臉埋進母親懷中。
男人一隻手上拎著鐮刀，緩緩從帳篷陰影處現身。他的臉上濺著點點鮮血，看來像長了青春痘；鐮刀和右手上也染滿鮮血。鮮血像麥芽糖一樣從鐮刀的刀刃處流下，滴落在河岸的石頭上。
男人來到自己面前時，阿徹覺得自己眞的軟弱。他根本贏不了這男人。
「有什麼事？」阿徹心裡祈禱著對方不要注意到他的聲音在顫抖。
「你們有沒有在這附近看到我女兒？十或十一歲左右……身高大概這麼高。」男人說的根本就是小水潭少女的特徵。他像熊般凹陷的眼睛來回看著楚楚美和阿徹，偶爾也看向泰造。
楚楚美受不了男人身上飄來的血腥味，不斷乾嘔。
「這、這……不清楚。我們什麼都不知道，只是不小心來到這裡的。」
「是嗎……傷腦筋啊。她對我來說、對我們來說，是很重要很重要的女兒。對我來說、對我們來說……」男人噤口。
沒有半個人說話。
「那個孩子是不是知道些什麼？」

男人突然手指向泰造。楚楚美大聲哀嚎，彎下身子。

「這位太太，妳是害喜嗎？真辛苦啊。」

「啊？是啊，我老是在害喜。」

「那個孩子是不是知道些什麼？」

「不，他什麼都不知道。這孩子剛剛一直和母親待在帳篷裡休息。」

「你呢？」

「不知道，真的。」

男人面露沉思的表情，左手摸著臉頰和下巴。血跡橫抹在臉上。

「是嗎……傷腦筋啊。她對我來說、對我們來說，是很重要很重要的女兒。對我來說、對我們來說……」

「她明明被叔叔殺掉了！變得亂七八糟的！」

泰造突然發出尖銳的聲音。

楚楚美連忙把他壓進肚子，企圖塞住他的嘴巴。泰造的慘叫聲不斷從楚楚美肚子的肉之間傳出來。

「什麼？這孩子剛剛說什麼？」

「他有說什麼嗎？」

「嗯，他說了，我記得他說到殺人，沒聽錯的話，他是說我殺人。」

阿徹和楚楚美快速搖頭。

「聽錯了聽錯了！」

「可是我的耳朵的確聽到他這樣說，說我殺人……對，就是殺人。」

「嗚咿！」泰造的聲音響起。

「這孩子老是說這種話嗎？你教他的嗎？」

「不是。」

「那麼爲什麼呢？爲什麼他只對我說這種話？你是他父親？父親應該清楚吧？爲什麼？」

男人把鐮刀舉到阿徹面前。

光是這樣，阿徹的雙膝已經開始不斷打顫。

「我、我兒子他……」他說到這裡停一下，濕潤嘴唇。「他偶爾會沒憑沒據的說謊。小孩子嘛，小孩子常常亂說話、亂、亂說……」

「聽起來不像亂說啊。我可沒見過哪個孩子隨便說人殺人的。讓我問問他本人是不是在說謊。」

男人走近一步，要楚楚美把泰造抱離肚子。

泰造抓著母親，從手臂後頭露出半張臉。

「喂，小鬼，你說叔叔殺人？老實說，你是在說謊嗎？」

「你是在說謊，對吧。」阿徹忍不住插嘴。「說你是在說謊！跟叔叔道歉！說啊！」

「快說！」楚楚美也替阿徹幫腔。

泰造眼睛圓睜看著雙親，接著開始掉眼淚。

「對不起，我撒謊了。」

楚楚美明顯地鬆了口氣。

男人抓住泰造的腦袋。

楚楚美僵住，阿徹後退一步。

「原來你眞的是說謊啊。」

「嗯，我是壞孩子，才會說謊。」

泰造說著，大聲哭了起來。

男人雙臂交在胸前，不發一語，終於靜靜開口：「這樣的話，必須治一治才行。」只說了這一句。

「治一治？需要治療嗎？」

「用我們的方式治，也算是咱們有緣。」

「謝謝你。」阿徹無意識地低下頭，心想：「糟了！必須想想其他辦法……」

楚楚美眼露呆然的表情。

「進去那裡面。」男人手指帳篷。「在我說好之前，誰都不准開口。一開口，謊言又能夠呼吸了。閉起嘴巴不說話，謊言就會死去，因爲謊言的養分是空氣。進去！」

阿徹和楚楚美面面相覷。泰造不斷抗拒。最後兩人也聽從男人的話，進到帳篷裡。

「好了嗎？我說開始之後，誰都不准出聲，否則就失敗了。」

帳篷外傳來男人的聲音。

楚楚美將掉在角落的東西交給阿徹。

那是把瑞士刀。

阿徹拉出叉子，說：「他沒打算殺我們，如果要殺，我們早就被殺了……」

「人家不要！人家不要待在這裡！」泰造大叫。

「還在說話，還在說話。」男人低聲說。

楚楚美把泰造緊緊抱在胸前，似乎太用力的關係，泰造的臉痛苦扭曲。

「老公？你會保護我們吧？對吧？會保護我們吧？」

「會會會。」阿徹把叉子摺回去，手緊握住瑞士刀。

「開始！」男人的聲音響徹四周。

阿徹與楚楚美互看對方。

過了一會兒，男人的腳步聲開始在帳篷四周繞圈子。

阿徹心想，如果那把鐮刀砍過來，這帳篷一點保護作用都沒有。

沙……沙……沙……

腳步聲在帳篷四周忽遠忽近繞著圈子走了好幾次。

不曉得經過多久……

一留神，腳步聲已經消失了。

楚楚美鬆口氣正要開口，阿徹伸手制止她。感覺有股詭異的氣息。

撕……撕……

厚厚的帳篷布突然發出撕裂聲。阿徹和楚楚美轉頭看向聲音出處。

有隻眼睛正窺視著他們。

男人的眼球從帳篷撕裂處凝視著他們。

楚楚美嚇得倒抽一口氣。

可以感覺到她的害怕與僵硬。

那隻眼睛一瞬不瞬地緊盯著他們。

像在瞪人似的，視線一動也不動。

過了很久。

怎麼能夠這麼久都不眨眼睛……想到這裡，阿徹全身像澆了冷水般起寒顫；楚楚美似乎也想到同一件事情，首次發出苦悶的聲音。

沙……

腳步聲，眼球與之呼應，暫時離開裂縫，換另一隻眼球窺進來。

那隻眼睛眨了眨，環視帳篷內一圈後移開視線。

阿徹更加確信剛剛他是把少女的頭按在裂縫處。

撕……另一個地方撕裂。撕……又一個地方。他在帳篷上開了好幾個洞，以眼睛窺視裡面。

低處、高處、和阿徹他們等高處、眼睛等高處……眼睛和眼睛和眼睛窺視著阿徹他們。

楚楚美喉嚨深處咕嚕咕嚕作響，臉色僵硬。

帳篷就這樣遭到眼球的蹂躪。

阿徹似乎因爲視線的壓力而詭異了起來，很想立刻握著瑞士刀衝出去，刺殺像蒼蠅一樣待在帳篷外的傢伙。可是這只是絕對成功不了的夢。一出外面，男人會等在入口處，一眨眼就用鐮刀砍下他的腦袋，一命嗚呼了。阿徹想起少女腦袋上西瓜裂痕般的傷口。

突然一聲尖銳的笛音響徹河岸。

聽到這信號，眼球一個接著一個消失。

最後一個眼球消失後，四周一片寂靜。

他們兩人等著男人的結束信號。

可是男人似乎已經不在了。

阿徹緩緩移動身體，小心翼翼地窺向帳篷外。

夕陽已經西下，前方的群山邊緣升起白色的月亮。

阿徹無言走出帳篷外。

男人與女兒的殘骸消失得一乾二淨。

剩下的只有多了好幾條裂縫的帳篷。

「如何？」

楚楚美慢吞吞地走出帳篷。

「不見了……不曉得去哪裡了。」

楚楚美正慶幸鬆口氣，突然發出短促的慘叫——她緊抱的兒子睜著眼，癱軟在她懷中。

「泰造！」

兩人邊呼喚他的名字，邊按壓他的胸腔，努力想讓他恢復氣息，可是兒子卻不再呼吸。

阿徹搖搖晃晃站起身。

「我……又殺了自己的孩子……」楚楚美低聲說。

「蠢蛋，看仔細點！這個調皮鬼只是睡著了。」

阿徹吐出這句話。原本看著泰造的楚楚美也跟著點頭。

「哈哈，眞的耶。也對，哪有一家子和樂融融來烤肉卻死掉的？」

他們兩人無力笑了笑，一邊對著開始變冷的兒子說話，一邊有氣無力地走回月夜降臨的林間小路。

10

雷薩雷很可怕

學年主任的工作日誌

◎月二日，晴。

第二節課下課時，二年D班的導師井野前來找我密談。

他的樣子實在很不尋常，我於是在理科休息室聽他說明；他拿出一封密函。

根據該導師的說法，密函似乎是前一天晚上丟在他家大樓一樓信箱內。

郵戳日期是前天。印著卡通人物的粉紅色信封正面，以乍看之下很像小孩子的字跡寫著班導師的地址。寄件人是「供品」。

學年主任給教務主任的字條

今日，二年D班導師緊急找我商量，內容係如報告所示，請予指示。

供品的來信內容

老師，我已經受不了了。

學校對我而言是地獄，我非常非常不想去上學。

老是被雷薩雷欺負，去D班眞的好累。
我決定在本月八日一死了之。詛咒那傢伙下地獄。

教務主任的日記

從學年主任那兒聽說二年D班導師家裡收到預告自殺的密函。放學後，我把兩人都找來了解情況。聽該導師的說法，他們班上完全感覺不到有什麼霸凌事實發生，搞不好只是單純的惡作劇。我已經指示他們按兵不動先觀察。

向學園長報告也是個具體的做法，等教職員會議上大家討論過之後再行動。

信裡提到的日期即將到來，我不禁感到一抹不安。

學年主任的工作日誌

◎月三日，晴。下午我找來井野導師詢問D班同學的情況，沒有什麼明顯的異狀。導師對即將到來的自殺預告日相當不安。

其提交的D班學生生活指導紀錄中，也沒有什麼必須注意的地方。

兩項紀錄內容如下：

・五月下旬，教室窗戶破損。

・七月上旬，有學生連續遲到超過五天。

關於五月那件事情，起因於該班兩名學生在教室裡（窗邊）互相嬉鬧，不小心手肘撞破窗戶玻璃。學生立刻前往教職員室向導師報告，沒人受傷。窗戶馬上找來佐佐木窗戶施工行處理，當天即修繕完畢。

隔天，由兩名學生的監護人平均分攤修理費九千八百元，完滿落幕。

此後再沒有發生過相同的意外。

七月那件事情，是因爲該生（深津良）不明原因身體不適，當時也已提出醫師診斷書。

此後該生未曾再遲到。

三創學園入學簡介

創辦人三津御義秀先生期望每位學生能夠發揮個人特質、成爲大人物而辦學。

本校的校訓「三創一心」，意思是發揮學生的個性，「掌握知、仁、技三大核心，徹底成爲對社會有貢獻的人物」。本校的目的，在於開發每位學生的內在力量與資質，加以鍛鍊，使成爲社會「中堅分子」。

本校於昭和三十五年（一九六〇年）成立三津御預備校❶，昭和四十九年（一九七四年）成爲學校法人，創立三創學園高等學校。昭和五十八年（一九八三年）創立三創學園中等學校，直至今日。以預備校時期開發出的三津御式考試法作爲基礎，徹底執行一對一指導，並

根據教育時程表管理，使得本校畢業生進入東大、京大、其他一流國立大學的升學率亦爲全國數一數二……（略）

創愛會的參加簡介

各位同學以及監護人，恭喜進入本校。

創愛會是學生與學校的橋梁，由未成年者完全自主營運的團體。

每月一次敦睦會，老師也會一同參與，另外還有同學的生日會、耶誕會、感恩會等。本學園裡的孩子透過這些活動，提升勤勉向上的欲望，培育出敵對心理，讓未成年者了解自己所處的社會環境，摸索何謂三創學園的哲學。（中間省略）營運會費每月三萬元，另外各活動有各活動的必需經費。希望各位務必參加。

第二頻道BBS板❷

834：最愛眞名攻擊的KITTY：2006/◎/03(Mon)21:29:43 ID:VrB5/mNm0

❶註：預備校，日本特有的教育機關，主要在指導升學、資格考試，類似台灣的補習班。

❷註：第二頻道BBS板（2ちゃんねる掲示板），日本知名BBS板，類似台灣的批踢踢（PTT）。

三創眞是土匪！入學金、捐款要K萬元……（°O°；）

835：最愛眞名攻擊的KITTY：2006/◎/03(Mon)21:41:43 ID:jQcRDXjO0

咦！一般老百姓根本讀不起吧！

836：最愛眞名攻擊的KITTY：2006/◎/03(Mon)21:57:46 ID:SWrEWkK0

而且還強迫要加入創愛會之類的鬼東西！下個月要在市中心五星級大飯店舉行生日會，費用由當月生日的同學爸媽支付！走錯地方的上班族家庭必須拚命籌措學費等等開銷，變成爸爸狂加班、媽媽狂打工！

837：最愛眞名攻擊的KITTY：2006/◎/03(Mon)22:07:46 ID:vlG94AUa0

學生本人也必須打工吧！

838：最愛眞名攻擊的KITTY：2006/◎/03(Mon)22:30:46 ID:VrB5/mNm0

沒辦法，學校禁止學生打工。還聽說有上班族家庭一家子被逼到全家自殺。所以學校從以前就多半是醫生、律師、政治家的小孩在念。

839：最愛眞名攻擊的KITTY：2006/◎/03(Mon)23:29:43 ID:VonD7R3i0

盡是些出身自觀念歪斜家庭的小鬼，他們欺負人也都喜歡來陰的吧～。

全體教職員會議紀錄

◎月四日，晴，下午六點於教職員室。記錄：河西。

各班導師的例行報告。

上次會議中的提案「本年度運動會是否比照往年舉辦騎馬打仗？」已彙整到眾多意見。體育老師蓮見表示：「只要有充分的練習與暖身，必然能夠避免意外的發生。」但基於大考在即，最後只讓一、二年級參加，且對戰方式與以往全體混戰的形式不同，改採一對一的殊死戰方式。

接著正要進入期末考相關議題時，二年級的池谷學年主任提出緊急動議。

二年D班導師井野前天在自己家收到學生親筆寫下的自殺預告信，因此希望能及早討論對策。

聽過井野老師的說明後，全體教職員、教務主任、校長認真進行討論。

歷經三個小時的討論，全體教職員決議出以下三項結論：

一、最優先事項就是找出D班該名學生。

二、進行面談調查，調查D班內的霸凌事實。（井野、池谷）

三、詢問附近班級與社團。（全體教職員）

其後，學園長發表特別注意事項。

主旨如下：

學校嚴格禁止擾亂學生心情，因此發布消息時必須小心翼翼，不宜在此刻公開自殺預告信一事，必須藉著一般指導時間進行霸凌事態調查、觀察各班情況。首要任務是再一次仔細閱讀該預告信，過濾出可能的學生。

對於信上寫到的「雷薩雷」，各班導師都沒有概念。雖是找出該生的線索，卻沒有人知道是什麼意思。

此後如果發現任何異狀或有力情報，直接向學年主任以及教務主任報告。另外，學園長也做出指示，此事暫時不通報市教育委員會、教育輔導中心、學校輔導機構。

學年主任家裡電話（五日／半夜〇時四十分接通）

「您好，這麼晚了真是抱歉，我是三創學園的井野……」

「井野老師，這麼晚，發生什麼事了？」

「是這樣的，那個……」

「怎麼了？我聽不太清楚。」

「自殺預告信，又來了……」

「什麼？（沉默）……寫了什麼？寄信人一樣嗎？」

「內容大致相同，寫著：『我已經受不了被欺負了，八日自殺。』……沒寫寄件人地址，只寫了供、品品品……」

「請你明天務必把信帶到學校。井野老師，你還是沒想到什麼嗎？」

「是，啊啊……不一樣不一樣，怎麼會這樣……」

「怎麼回事？一點也不像你，冷靜點。」

「有……有四封，全都是不同的字跡和信封。」

教職員臨時會議紀錄

◎月五日，晴天，早上七點於教職員室。記錄：河西。

接獲報告，二年D班導師井野又收到四封自殺預告信，因此緊急於本日召開臨時會議。首先將影本發給全體教職員。根據池谷學年主任的說法，他和井野老師討論過後發現，預告信內容雖然幾乎相同，但五封信的寫信者極可能並非同一人。

「五個人選在同一時間各自發出自殺預告，未免太離奇了，這五個人或許有關係吧？若是這樣，也不無惡作劇的可能。」發言者是三年級的學年主任四谷。三年B班的導師今井也說：「如果私底下眞的發生霸凌事件，會不會是那些受害學生集結起來企圖引發恐慌呢？」聽到他的發言，議場一陣緊張。

池谷學年主任認爲自殺預告日期迫在眉梢，建議應召開班會，讓各年級導師直接詢問學生，但二、三年級各班導師認爲下禮拜就是期末考，應該避開這段時期。另外也有意見表示行動若過於明顯，創愛會必然會追問原因，到時候恐怕搞到眾所皆知。

接著，首先決議通過昨天提到重點項目之一「過濾出寫信的學生」。不只D班，還包括二年級學生全體。

這時候，化學社的布施老師提議對D班學生進行無記名測驗，請學生在紙上簡短寫出

「現在煩惱的事情」、「現在想投訴的事情」，用來與自殺預告信上的字跡進行比對。測驗使用電流傳導實驗使用的感光紙；事先拿透明墨水在紙上寫下座號，這樣一來便能夠找出寫預告信者。紙條表面上看來和普通紙沒什麼兩樣，背後拿黑光❸一照，就能夠看到座號。發紙條的時候要和發考卷時一樣，直接按照號碼發到每個人手上。

學年主任同意採行此做法。

其後，學園長表示：「希望各位審愼進行。不管是不是惡作劇，倘若這消息傳出去，必然動搖本校未成年者的信賴基礎。另一方面，如果爲霸凌所苦的五名學生當眞自殺，亦會危害本校。」

放學後，二年級全體導師將分析回收紙條。

散會時，D班導師井野含淚對全體教職員道歉道：「都怪我領導無方，給各位帶來麻煩了。」不過眾教職員沒有回應。

供品的來信

老師，我已經受不了了。

對不起。去上學眞的很痛苦。

雷薩雷欺負我欺負到我覺得走進D班都累。

我決定八日禮拜天一死了之。

詛咒那傢伙下地獄。

二年級教職員會議紀錄

◎月五日，晴。下午五點於理科休息室。記錄：河西。

D班全體三十六人的紙條已經回收。

全體教職員比對自殺預告信影本上的字跡，挑出筆跡類似者。

結果五封信各找出以下相似字跡。

A＝二張；B＝三張；C＝二張；D＝二張；E＝二張。

接著由布施老師配合座位表進行記號比對，找出八名男同學、三名女同學，共十一名學生。

井野老師依此結果，今天晚上開始進行家庭訪問。

其他教職員只須等待結果。

❸註：黑光（Black Light），近紫外線。用在寶石鑑定、捕蟲燈的光源等。

西校舍一樓男廁的塗鴉

雷薩雷好可怕。

教務主任日記

晚上十點學年主任來電，報告井野老師前往各可能學生家裡進行家庭訪問。十一名學生中有三名不在，八人在家。老師爲避免遭到學生本人及其家人懷疑，只在門口站著談五分鐘左右，靠感覺判斷該學生是否遭到欺負。但是一問到「知不知道『雷薩雷』？」，其中一名女學生說，最近常在校內看到「雷薩雷（？）好可怕」的塗鴉。明天將就此進行調查。今天又收到另外三封預告信。

供品的信

老師，你到底在做什麼？到底在看哪裡？那傢伙悄悄潛藏起來，快把他趕走啊。雷薩雷裝作一副好學生的樣子，背地裡把大家推到地獄去。快點幫幫忙，否則我們大家將在八日禮拜天一起跳下電車月台。拜託，機靈點，求你了。上學眞的很痛苦。我不想被雷薩雷欺負、活生生地死在他手裡啊。雷薩雷，給我下地獄去啦！

全體教職員會議紀錄

◎月六日，陰天。上午八點於教職員室。記錄：河西。

井野老師針對「雷薩雷」的塗鴉提出報告。根據報告指出，「雷薩雷」的塗鴉在校園內七個地方被發現：西校舍一樓男廁所、西校舍樓梯平台、D班掃除用具櫃、D班走廊牆上、體育館舞台防火牆、音樂教室、理科教室等處。每個塗鴉都是最近剛寫上去。另外，二年級的富田老師表示，大約十天前曾在西校舍一樓男廁前看到學生打架；他一出聲喊他們，兩名學生立刻逃跑。他說出手打人的學生體格健壯，可是他沒看清楚兩人的長相。他請井野老師詢問昨天那八名學生有沒有什麼線索。

持續收到預告信。可具體窺見自殺內容，讓人不得不重視。

預言將自殺的禮拜天就是後天了。也有教職員表示應該向教育中心或市教育委員會請求協助，但學園長不允許。

學園長的意見如下：「本事件必須由本校教職員全權處理。一旦確認這是事實，學生當眞集體自殺，本校免不了毀滅性的打擊；如果這只是惡作劇，卻去請求市教育委員會與教育中心協助，最後傳到媒體耳裡，將會貶損本校的格調，而逐步走向毀滅。自殺預言日當天，全體教職員前往學園附近的車站，跟蹤可疑的學生，監視其行動，堅守本校聲譽。」

教職員沒有異議。散會。

擺在導師井野桌上的密函

支配這裡的是我。處刑日當天將掀起腥風血雨。雷薩雷。

全體教職員緊急會議紀錄

◎月六日，陰天。下午三點於教職員室。記錄：河西。

針對午餐時間過後在井野老師桌上發現的密函討論。當時出入的學生眾多，沒有人注意到是誰放信。決議今後必須特別注意老師不在的辦公桌。井野老師、池谷學年主任以及有空的教職員依據上次回收的紙條，對照這封密函，進行筆跡調查。這次密函的字跡刻意潦草，比對困難。學園長向化學社的布施老師建議進行指紋比對，也就是要採集信封內側指紋，用來和回收紙條上的進行比對。採指紋也是科學社的活動之一，因此該社備有指紋採集工具。「這要花不少時間呢。」布施老師這麼說，結果學園長斷然回應道：「事關你的前途，給我做就是了。」

最後包括布施老師在內，所有理科老師全都動員幫忙採指紋。

學年主任的工作日誌

◎月六日，陰天。井野老師等人一起比對「雷薩雷」自殺預告信與回收紙條上的指紋。要檢查指紋必須戴上工作手套。情況不是很順利。晚上八點稍事休息。這時候井野老師的手機接到公共電話打來的電話，有人匿名通報有學生在涉谷的居酒屋違反校規打工。井野老師聽說現在正是該生打工的時間，於是中途離席前往打工處。晚上十點半，井野老師回到學校。該生是深津良。老師將學生送回家，通知在家的母親此事將提交下週一的校務會議。學生本人態度不佳、鬧情緒、不肯說明打工的理由。午夜十二點，布施老師等人已經疲憊到極點，於是決定暫時解散，明天清晨再度集合繼續進行。回家後，井野老師報告又收到兩封密函。有必要規畫八日當天教職員的輪班監視體系，可是事到如今，到底該監視三十六名學生中哪幾名，完全沒有線索。

全體教職員緊急會議紀錄

◎月七日，陰天。上午八點於教職員室。記錄：河西。

學年主任認爲須監視學生人數有必要由當初預定的大幅增加。但是也有意見指出人員不足，無法全數跟蹤。井野老師說：「我請了妻子幫忙。妻子應該不會洩漏消息，畢竟我們是命運共同體……」因為這緣故，其他老師也提出申請，要動員家人幫忙，相當有決心要監視D班全體學生。

於是，眾人討論起監視開始時間、結束時間，以及如何監視等議題。

討論焦點聚集在——難道要從密函所寫的八日這天凌晨零點開始嗎？這樣的話，在家裡的學生該如何監視？結束時間就是晚上十一點五十九分五十九秒嗎？另一方面，監視時間內都待在家裡的學生該怎麼辦？還是聯絡創愛會，請求提供未成年者保護協助吧？——總之就在無法達成決議的狀態下，來到中午十二點午休時間。

學年主任的工作日誌

◎月七日，陰天。上午眾人討論熱烈，卻始終商量不出好點子便進入午休時間。就在井野老師確認昨夜打工學生的個人紀錄時，富田老師偶然看見，表示感覺很像是在廁所前遭到毆打的學生。井野老師說明該生打工的事情以及家庭環境——「父親是普通上班族，母親是外國人」。有老師說：「搞不好他知道什麼老師們不知道的消息。」於是緊急把該生找來。下午三點，該生來上學，井野老師和我與他會面。深津同學只用簡單幾句話為打工的事道歉，但對班上的怪事卻絕口不提。這時候富田老師也加入，提到廁所前打架的事情。深津同學否認說不是他，但我們可以確定他在說謊；他汗流浹背。井野老師再度追問班上的怪事，只見他蹙眉說想回家。我等離席，從班級日誌取下深津同學的字跡，比對「雷薩雷的信」，還是無法判別。於是學園長下令採深津同學的指紋，說：「這也是為了證明他的清白。」我拿出「雷薩雷的信」給深津同學看。他一看到，突然站起，當場嘔吐昏倒。我們送他去保健室休息。後來問他：「信是你寫的嗎？」他只是沉默。無計可施，我們只好取得同意採他的指紋，由布施老師在他左右五根手指塗上墨水、捺指紋。過了一會兒，布施老師宣布：「就是他。」眾老師紛紛露出難以言喻的表情。井野老師告訴深津同學指紋結果後，深津同學坦承信是他所寫。接著，學園長表示要他與父母商量，看是要在下禮拜一之前自行提出休學申請，或者由學校強制懲處退學。根據井野老師的說法，深津同學承認廁所前遭遇的暴行，卻不承認霸凌。之後透過D班的聯絡網通知眾人：「雷薩雷的眞面目已經知道了，請放心。」不過監視行動姑且繼續進行。

導師井野家垃圾桶中那封深津忠臣的來信

您好，前陣子我兒子良的事情造成老師莫大的困擾，眞是抱歉。良是我和前妻生的兒子，從小總是孤零零一個人，也因此很難融入其他人之中，但他是本性善良又體貼父母的小孩。那天，學校禁止打工，他還是照去不誤，也是因爲今年夏天我突然遭公司解雇，家計清苦的關係。良很高興能夠就讀三創學園。連同本信一起送上良寫給班上同學的信的影本。我遭解雇後、進入現在的公司之前，兒子原本已經做好轉學準備了。那天夜裡他打完工後回家的路上，突然自己跑到卡車前面，究竟是什麼原因呢？

我這輩子將會不斷探尋答案。

深津良的信

D班的大家，很抱歉，因爲父親失業，我必須轉學。北見同學，一年級參加夏令營時遇到午後雷陣雨，多虧有你借我傘，謝謝。吉田同學，你總是第一個對我說早安，謝謝你。飯野同學，你總是把便當配菜分給老是吃麵包的我，謝謝。各位同學，謝謝你們。

導師井野桌上的信

老師，很抱歉用電腦打這封信。辛苦您了。那個垃圾終於消失，大家都感到相當欣慰。我們是考生，希望相互競爭的都是相同水準的夥伴，光是想像自己被深津這類下等平民超越，就覺得毛骨悚然、讓人想死，因此我們選擇使用暴力，大家一起解決那傢伙。雖然我們原意並沒有打算逼死他，但他還是死一死比較痛快。老師，謝謝您。這樣一來，D班全體就能夠心無旁騖地迎戰升學考試戰爭了。人要死還眞簡單啊。所謂「雷薩雷」是擷取電玩遊戲裡的咒語「雷薩雷克森」❹當作此次作戰名稱。「復活」的日文發音與「深津」❺很類似，對吧？那傢伙注意到了，但因爲他父親是透過〇〇父親的介紹才進去現在工作的公司，加上那傢伙的母親身體不好，一年到頭都在洗腎。如果告狀的話，父親的工作恐怕不保，所以他到最後都沒有說出眞相，眞是了不起的傢伙。就是這樣！雷薩雷作戰結束！

P.S. 這封信驗不出指紋，請見諒。D班有志一同。

❹註：雷薩雷克森，英文「RESURECTION」，意思是「復活」。

❺註：「復活」的日文發音Fukkatsu，類似「深津」Fukatsu。

11

瘋狂甜心

1246/2500。

「啊啊！王八蛋！死掉了！」

亞伯❶悔恨的狠狠毆打急救無效的高田，抱住頭，下一秒，他從槍套掏出手槍，嘴巴咬住槍身。我退離細矢的身體，暫時停止急救。

今天已經第六次看到有人咬住槍身了，卻沒幾個人眞正漂亮打穿腦幹。因爲他們手發抖。發抖造成槍身斜叼在嘴角，或者槍口偏離上顎、改對著喉嚨深處或上顎牙根，這樣一來會如何？我們的用槍是過去被稱作「454 Casull」的麥格農槍❷改良版，因此火力是「44麥格農」的兩倍。如果能夠乾淨利落地打穿腦髓，我也沒什麼好抱怨，問題是沒打好時，子彈不只在當事者臉上重要部位穿孔，還會襲擊、貫穿側面或背後的其他人。午飯後我看到的兩名死者，就是站在側面和後面的傢伙；他們的腦漿準確四射在走廊上，人則往西方極樂世界旅行去。

扣扳機的當事者則是嗚嗚啊啊的呻吟死去。

基於以上經驗，我決定離亞伯遠一點。

他卻沒扣下扳機。

我們看到電子布告欄上寫著1100。

「啊啊，王八蛋！」

亞伯再度喊出相同台詞，站起身，對死掉的高田開槍。

高田的肋骨、肌肉碎片一同飛向我這邊；我的耳膜麻痺了。

碎肉正好貼到我臉上，感覺像有隻青蛙吸上我的臉。

一點也不好玩。

接著他對我滔滔不絕地說著什麼，可是我耳鳴聽不見。

我聳聳肩，自己確認屋子裡是不是還有我們之外的生存者。

沒有。

一開始逃進這間儲藏室時，除了高田和細矢之外，原本就沒有其他還留有人類原形的傢伙在。後來也只看到彷彿被推入果汁機、打成綜合果汁的泥狀物，黏稠稠地貼附在走廊、牆壁、天花板等地方而已。仔細一看，那些鬼東西上頭還有臉、頭髮、鼻子、臉頰、下巴，因此姑且能夠判斷那些泥狀物的原型是人類。

布告欄上的數字再度減少。

1061。

不會吧，氣勢眞強大。

耳膜的功能恢復後，亞伯的怒罵聲和那個要讓耳朵聾掉的曲子，再度回到我耳裡。

「唯一的出路，只有走廊嗎？」

❶註：亞伯，原文Absolute，「絕對」之意。

❷註：麥格農槍（Magnum），火力與火藥大過一般同口徑手槍的槍種皆稱之。其中「44麥格農」是過去人稱最強手槍，經常可在電影或漫畫看到。「454 Casull」的威力則是「44麥格農」的兩倍。

那傢伙這麼說。不過要確實聽懂他的話，必須聽五遍才行。

事實上大概是這樣。

「傑姆❸！（拜託拜託，不要傷害我）只有（人家的心）走廊（會一陣陣刺痛），傑姆！（不要盯著我看）其他的出口（甜心變身！）❹。」

這是聽了五遍、重新組合程式碎片後的樣子。果然不出所料，亞伯對我說的是：「傑姆！有沒有其他路？只能往走廊去嗎？」

「沒有……不，這間儲藏室裡應該有間控制室才對。這裡是V9嗎？」

亞伯不耐地看著我。

他也聽不見。

因爲全區擴音喇叭正以最大音量播放曲子的關係。

（最近流行的女孩，是小醫部的女孩。）

亞伯轉而對擴音喇叭開槍——沒打中。應該說，擴音喇叭在這座邊境行星開發基地上擔負著攸關生命的播音聯絡任務，因此喇叭本身包裹著堅硬的裝甲網——麥格農奈何不了它分毫。

跳彈擦過我的肩膀。我踹了亞伯一腳，嘴巴貼近他的耳朵大喊：

「這裡是不是V9？」

「誰知道！」

亞伯站起來擦擦天花板一帶的牆壁；那裡黏著一套海峽模樣的小腸，我實在不太想靠近。

「V9」小腸底下出現油漆文字。我跑近前方右側。賓果！倒下的置物櫃擋住入口也遮住了門。我打算扶起置物櫃，亞伯卻把它像瓦楞紙箱一樣摔開。

我們奔進門內。

音樂聽來有些遙遠。

我們順利打開控制室裡頭的電腦，管理畫面還存在。

我輸入關鍵字，調出基地內狀況。

「媽的！還有兩隻！」亞伯叨念道。

他說得沒錯，居住區的畫面地圖上有兩個藍點，一個標著h-0，另一個標著h-1。它們周圍的紅點表示人類，有些紅點在移動，有些則逐漸消失。

「已經快破1000了。」

畫面左下角的數字是1040、1038、1033、1027、1022，不斷變化，然後來到1018/2500。

❸註：傑姆，原文Jam，「困境」之意。

❹註：章名〈瘋狂甜心〉，改編自日本知名漫畫動畫「甜心戰士」（Cutie Honey）。《甜心戰士》是作者永井豪一九七三至一九七四年的作品，內容在描述擁有七種變身能力的女型機器人如月甜心與世界級犯罪集團「豹之爪」戰鬥的故事。二〇〇四年改編重拍成眞人電影版，同名主題曲也由倖田來未重新詮釋。但本篇人物及故事皆與原作無關。括弧內容則是「甜心戰士」主題曲的歌詞。

這數字的分母表示這顆行星及基地內的人類總數。

分子在一般情況下代表能夠通訊的人數，現在是緊急情況，因此設定值是——生存者數量。

我們兩人也包含在這數字之中。

意思也就是，在我們看著螢幕這段期間，已經有二十二人被殺——被甜心戰士殺掉。

「為什麼會發生這種事情？」

亞伯問得沒錯，明明六小時前還一如往常，大家都在進行邊境行星開發工作。

這顆XIII星球一百年後將是地球的第六號移民星。為了進行地球化開發，包括我和亞伯等二千五百名囚犯被送到這裡。

「沒有什麼方法能夠阻止她們嗎？」

「只有請地球傳送操控終止的密碼過來了。我已經聯絡過地球那邊，回應卻遲遲沒有下來。」

「遠端管理應該能夠掌握這邊的情況吧？」

「當然。不過現在這顆行星的位置正好進入太陽後方，大氣電磁波等恐怕影響地球的信號接收，大約要一個小時後才能與地球聯繫上。」

「一個小時……」

亞伯邊說，邊確認螢幕上的數字。

這時候彷彿發自丹田的爆炸聲與震動，由腳底竄上來。

923/2500。

數字一口氣大減。代表甜心戰士的藍點一瞬間停止動作後，再度開始移動。

我們兩人吐出屏住的呼吸。

「喂，對方是不是也能清楚看見我們的行蹤？」

亞伯看著藍點直向橫向移動說。

「這個管理畫面中出現的情報，她們應該也看得到。」

（豐盈的女孩……）

一沉默，音樂便傳進我們耳裡。

「想想辦法啊！」

「這座基地外頭是零下十五度，一出去準沒命。我們能做的只有躲起來等密碼傳送過來。最好的方法就是盡量找這個地圖上沒有記載的方式移動。」

「什麼意思？」

「甜心戰士是利用毀損的牆壁與管線移動，特別是這幢建築物內的空調管道最有可能爲她們所利用。我們必須離開房間去搜索遭到破壞的部分。不過在那之前，先透過程式看看是否能夠操控甜心戰士。」

我利用基地管理者密碼找到甜心戰士，開啓檔案。

「這個是h-0，通稱甜心歐。」

「我完全看不懂。」亞伯看著整排數字，呆然地說。

「我也不是專家啊，特別是這種軍用程式又有眾多特殊用語。」我試著喚醒我自己在另一個房間的電腦。「如果房間沒有遭到破壞，應該能夠連得上。」

數秒鐘後，我的個人電腦回應了。我從電腦裡調出檢索分析程式，輸入「矯正」、「破壞」、「殲滅」、「消滅」等關鍵字查詢。

「超過十億個項目，要花上二十分鐘。」

聽到我的話，亞伯拿出香菸，點燃一根。

「哈啊——爲什麼事情會變成這樣？」畫面上的數字來到777。

「居住區終於全數遭到殲滅了呀……」亞伯偏著頭。

「啊啊……剩下觀測區和開發區了。那邊清完後，她們大概會一個個找出像我們這樣的生還者，然後一次解決掉。」

甜心戰士開始進行殺戮時，我和亞伯正好從距離這裡二十公里遠處結束冰河地質調查回來。一下極地移動用車、正要從後門走進居住區的餐廳時，我發現從門底下流出了什麼東西。

是血。

前暴力集團的清掃人員亞伯依據過去習得的技巧下意識移動，搜查建築物內的動靜，他說大樓裡有東西。

就在此時，那個音樂開始響起。我們啞然看著眼前的居民守望相助隊全部變成肉片。

我們回到極地移動用車上，往倉庫移動；到了那邊，我們撥開同樣的人類殘骸找尋生還者，一邊掌握狀況一邊前進，終於抵達V9。這時候發現高田與細矢——他們身體大部分都脫落斷裂，但姑且仍保持人形。我們正準備問他們甜心戰士的管理員御茶水的去向時——

「好，找到了。」

我看到檢索程式的滑鼠停在猶如光之瀑布般高速捲動的C語言海中。「Tatohiru」。

「什麼意思？」看到我的臉色大變，亞伯大叫。

「這是禁忌程式，全地球聯邦通用，不論是使用或者寫出這程式，都需要聯邦政府許可。」

「這是什麼意思？」

「Tatohiru，原意是阿拉伯文的『消毒』，意思也就是讓不需要的分子消失。我們基地裡並沒有任何不需要的分子，但甜心戰士們只攻擊躲藏人類的建築物，由這點看來，也就是說，要消毒的對象就是我們人類。」

我試著去變更該程式，變更權限卻禁止發給「本基地」。

「沒辦法，無法變更權限。果然還是需要超級密碼。」

「可以搜尋看看嗎？」

「手動搜尋的話，Yotta（10^{24}）級❺的CPU也要花上一百年。政府沒有對國民公開相關的暗號公式定理。」

數字終於突破500。

我將監視器畫面紀錄倒轉到「消毒」程式開始執行時。些許雜訊後，甜心戰士的管理員御茶水出現在畫面上。

「這個混蛋胖宅男……」亞伯喃喃抱怨道。「都怪這傢伙把那首討厭的復古旋律設定在甜心戰士身上。」

御茶水讓其中一台甜心戰士躺在床上，另一台站著。兩台均是全裸。

甜心戰士表面上的用途是軍用洩欲機器人，也是被派到這偏遠星球來的男性們不可或缺的用品。

這座基地原本配給了十台甜心戰士，卻因為戰士們受到意想不到的粗暴對待，最後只剩下這兩台還完好。其中也有些人等不及輪流使用甜心戰士，順手就抓了身邊的男性發洩；這種情況屢屢發生；早晨的廁所、倉庫、停機坪等陰暗處都被弄得黏答答，髒得叫人不想行經這些地方。基地也向政府申請要求新的戰士，可是從最近的市場星球送過來，最快也要耗時五年。於是御茶水成了甜心戰士的皮條客。他修好壞掉的戰士，讓她們得以在男人間周旋。沒辦法再修理的甜心戰士就拆下零件，供還能用的甜心戰士替換。現存的兩台戰士外表看來正常，事實上全是其他戰士身上拆下的零件七拼八湊而成。

「啊，那個混蛋！」

亞伯看到畫面開始大叫。

御茶水跨坐在床上的戰士臉上排泄。

接著他從角落電鍋裡盛起一碗剛煮好的飯，在飯裡面小便，然後要站著的甜心戰士把那碗飯吃掉。

「女兒們，如何？好吃吧？」

「是的，爸爸，非常好吃。」

「是的，爸爸，非常好吃。」

聽到吸食與咀嚼的聲音。

亞伯臉色變得像爛柿子一樣。

「這個王八蛋……大家都和甜心戰士接吻、做愛……」

「這傢伙眞陰沉啊，一肚子壞水又陰沉。」

「爲什麼之前都沒人發現？大家應該都看得到啊！」

「因爲監視器不是每個畫面都記錄，而且錄下來之後，他可能又以手動方式消除紀錄，自己則錄下備份影片欣賞。」

「呵呵，繼續吃，繼續長大吧……最好是會長大啦。」

御茶水讓兩台甜心戰士端正坐好，對著她們的臉撒尿。

「沒洗澡，沒洗澡，完全沒洗澡～」

❺註：Yotta，電腦的最高計算單位，表記「Y」，台灣稱「佑」，等於十的二十四次方。

他把陰莖擺在兩台甜心戰士頭上。

「髮髻，武士！武——士大人！」

這時候看到其中一位戰士咻地一晃。

下一秒，御茶水停止動作，目光呆然從甜心戰士轉向自己的性器。那兒只剩下紅黑色的孔。

「呃！」御茶水話還沒說完，剛剛的戰士高速移動，將御茶水的腦袋單獨擺在床上，穿著白色衣服的身體成了烤肉材料。戰士讓另一台甜心戰士站起，打開她頭部的小門進行某種變更。床上的御茶水嘴巴一張一合，最後終於緩緩閉上眼睛。

變更結束後，第一台戰士親吻第二台戰士。第二台戰士響起重新開機的輕微驅動聲，也開始動了起來。

兩台戰士互相對看，點了一下頭，奔出走廊去。

不久，便開始聽見慘叫聲與猛烈的槍聲。

「要是我，也會殺了那傢伙。」亞伯低聲說。「可是『消毒』命令會讓她們做出這些事情嗎？」

「我也不清楚。他自己大概沒想到長期對東拼西湊的機器大小便會有這番下場吧。」

「那個蠢蛋！」

這時候建築物開始劇烈晃動了兩三下。

我們站起來時，螢幕上的數字來到347。

「是開發區。八成有人引爆炸藥想炸飛甜心戰士。」

擴音喇叭的聲音中斷。我們離開控制室來到走廊上。想接收、啓用超級密碼的話，無論如何都得前往位在居住區的管理中心。

（拜託拜託，不要傷害我。）

聽到歌曲再度播放，亞伯嘖了一聲。

居住區的毀壞情況沒有想像中嚴重。居民大概沒什麼抵抗就全數遭到殲滅了。眾男性的肉塊如紙屑般到處散落；空氣中飄散著血與內臟的腥臭味，讓人想起動物園。

距離通訊恢復還有三十分鐘。

我們小心不讓甜心戰士發現，徒步走下足足十層樓的樓梯。

管理中心的大門理所當然鎖著。

「讓開！」亞伯從腰部取出數個磁石和針之類的東西，蹲在電子鎖前。

這時候上層樓梯傳來乾澀的喀嚓聲。

我們兩人同時停止動作。

好一陣子後，樓上的聲音突然喀喀喀喀地加速。

「亞伯！」

「我知道！」

亞伯的額頭上滴下汗水，繼續對付電子鎖。

我把槍對著樓梯。手上的槍雖然威力不小，可是老虎當前，我感覺自己好像正握著蒟蒻。

是甜心戰士。

亞伯的聲音響起的同時，有個東西貫破天花板，降落在我們面前。

「傑姆！開了！」

（最近流行的女孩……）

聲音很小，不曉得被什麼塞住了。

甜心戰士很美。鮮血、恐怖、煙硝與爆炸的煙塵染滿她，她的眼睛仍舊閃閃發光。

一瞬間，我心想，被她殺了也無所謂……

咚！

甜心戰士失去平衡。

亞伯抓住我的肩膀，像拋球般把我丟進開啓的房間內。

我一回頭看到他正鑽進門裡。

不料沉重的水泥門夾住了他的腳踝。

我站起身打算再度打開門。

「不行！傑姆！」他抓住我的腳。

「讓門關上！一開門我們就沒命了！」

亞伯的右腳踝以下部分在壓碎螃蟹殼般的聲音中消失。

他只低吟了一聲。

「別管我！快點接收超級密碼！」

我啓動操控面板，調整離子天線方向，螢幕上立刻出現地球管理官的影像。

說明完情況後，對方雖受理了超級密碼的申請，卻說要二十四小時後才能發給。

「我們現在正遭遇襲擊啊！」

「規定就是規定，必須經過審查才能發給密碼。我們能夠依您的受害狀況優先標記過度殺戮的機器人型號。保持聯絡。」

「我們等不了那麼久，已經……」

面板上的數字是324。

「從中午到現在已經有兩千人被殺了！」

「因爲貴星球的居住者種類是K-10。」

螢幕斷訊。

聽到這，亞伯笑了起來。

「對啊，我都忘了我們是K-10，雖然可逃過死刑，地位卻比K-9的狗還要低。哈哈哈哈。」

我操控著離子天線，向最近的行星發出求救信號。

咚！房間像遭到翻轉般震動。

不敢相信水泥門朝室內凹了個洞。

我這邊直接向公司申請，應該五分鐘就能夠拿到超級密碼了。」

「剩下八十人。」

聽到我話說到一半，對方開口問。

「怎麼了？」

「沒辦法等，這個星球上的生存者……」

「我們單位也受理密碼申請，只要等二十四小時。」

「事實是機器人早就失控了，已經有兩千人被殺。能不能幫忙申請密碼？」

人吃屎喝尿。星球上有些地方富含氯化氫，應該禁止讓機器人靠近那些地區才是。」

阿摩尼亞類的鹼性物質更會造成機器人失控。我們設計當初認爲應該不會有人讓軍事用機器

「這是我們公司製造的產品。過去的確出過幾次意外。系統迴路須避免接觸到共軛酸，

我傳送寫著甜心戰士機種、製造編號、製造年月日與製造工廠等資料的檔案過去。

『諾斯菲拉』，位在你們軌道上五千公里處。」

「我傳送資料給你，我想知道這台機器人的驅動操控密碼。」

「看來災情相當慘重。你們那邊的情況透過這邊的螢幕也能看得到。我們是礦物運送船

中年男子表情嚴肅的輕輕點頭。

「這裡是XⅢ星球，求救求救，SOS。」

這時候，螢幕上出現個男人的影像。

「怎麼會這樣……」

「麻煩你了。」
「我拒絕。」
原本一直低著頭的亞伯抬起頭。
「為什麼？」
「我剛剛收到你們星球上的人員名單。小野悅男在你們那邊。那傢伙殺了我妹妹的孫子。很抱歉沒辦法幫你們。」
房間再度遭到衝擊，已經能聽見歌曲了。門上的扭曲加劇。
「那傢伙搞不好已經死了呀！現在被殺害的只是不相干的其他人啊！」
「抱歉，對被害者來說，殺人犯全都相同。」
那傢伙冷笑。
咚！天花板處門的基部跟著轉軸一起掉下。
「傑姆！走了！」亞伯悠悠站起身抓住我。「我記得再過去點有台運輸機，發動它！」
我按下面板上的按鈕。
「那只能單純飛行使用，沒辦法飛出宇宙啊！」
「現在不是想這些的時候了！」
背後再度傳來衝擊聲，還有歌曲。
（人家的眼睛，會淚汪汪開始落淚。）

我們搭上運輸機時，我知道甜心戰士抓住了機身。

重心偏離，運輸機就快要狠狠撞上庫房的柱子了。

「喂！你看螢幕！」

2/2500。

「剩下我們了……」

這時候我感受到另一波衝擊。

一股驚人的音量大吼著：「甜心變身！」

「媽的！被兩個機器人抓住，太重飛不起來！」

亞伯握著操縱桿大叫。

正如他所說，運輸機一瞬間往天空飛去，下一秒又失速往下掉。

「要墜毀了！」

四周只聽見巨大的響聲與甜心戰士的歌曲。

回過神來時，我發現自己被摔在雪地上。

身旁是甜心戰士的腳。我不自覺地起身。

甜心戰士的上半身不見了，被運輸機的噴射口熔掉了。

亞伯摔在我的腳下。我出聲喊他，但他已沒有回應。

（人家的心，會一陣陣刺痛。）

另一個甜心戰士從運輸機殘骸裡走出來。
眼睛直直看著我。
我有兩條路可以選擇。
一是此刻在這裡和大家一樣死去。
二是活下去。

我賭上程式名爲「消毒」這點。它不是「殺戮」，也不是「殲滅」，而是「消毒」。對軍用機器人來說，消毒的定義就是將特定區域無人化、無力化。我凍僵的手丟下槍，開始脫衣服；連鞋子、襪子、內衣褲全都脫掉。
甜心戰士好一陣子盯著我看。
（變身了喲！）
她留下這句話後，把我留在零下十五度的土地上，往基地走回去。
密碼明天就會傳送過來了吧。

12

達爾文與越南西瓜

莫理出聲叫我，是大夜班結束後、我從廁所出來時。那間廁所的水龍頭莫名其妙地緊，大家都要費上一番力氣才扭得開，所以大部分的傢伙省去扭水龍頭的麻煩，不洗手便走出廁所。這可不是亂說，我已經親眼目睹過好幾次，尼可拉斯啦、喬伊啦，大家都這樣，我不想和那些傢伙同類，因此我一定會努力扭開水龍頭，洗好手才離開廁所。

「金巴力，過來。」

配送總管莫理左手扠腰、揮舞右手叫我。他的條紋襯衫上沾到了漢堡醬汁；那是昨天穿的襯衫，我知道；這傢伙因爲小氣過頭，六年前被老婆趕出家門，從那之後，他加倍小氣，三天才洗一次衣服；即使是夏天，腋下的汗漬弄得像奶油一樣黃，也堅持不洗。

「什麼事？」我邊回應，邊看看四周。

「就是你啊，金巴力，你這個月的遲到次數到達E級嘍，恭喜恭喜。」

「什麼？怎麼可能？我應該是D級邊緣啊！」

「錯，是E，紀錄上這麼寫，看！」

莫理讓我瞄一眼細窄的紀錄影本。

「我的確經常稍微遲到，但不是只要在一分鐘內就不算嗎？上班時間是七點四十五分，所以四十六分之前都……」

「那是上個月的規矩，從這個月開始規矩改了。你的遲到雖是上個月，但這個月才算薪水，所以你的紀錄累積到E級了，給我滾回家吃自己吧！」

「哪有這種事！等一下！」

我的胃部一陣熱，嘴唇發乾。我現在的工作僅夠一家六口勉強餬口而已，若眞被開除，就得餓肚子了。

「這個月我家老大校外教學，老三中耳炎必須動手術，老二足球隊的制服要換新，最小的也……」

「你說老三怎麼了？」

「中耳炎。耳朵裡面積滿膿，撐破了耳膜，流出異常的分泌物。」

「中耳炎還好，分泌物就麻煩了。」

「是啊，一整晚哭個不停，可憐得叫人不忍心看。」

「不是啦，我是指臭味，分泌物黏黏的吧？」

「是啊，發出很濃烈的臭味，好像西瓜腐爛的味道。」

「他還年輕所以臭味像西瓜。黏黏的吧？」

「是啊，黏黏的。」

莫理抬頭看向空中。我們頭頂上是一片寬廣的很諷刺的青空。

「黏黏的西瓜……西瓜黏黏……越南西瓜❶。」

他像在念經一樣，嘴裡喃喃念個不停，稍微笑了一下，未經修整的鬍子間隱約可窺見滿

❶註：「黏黏的」（betobeto）日文發音類似「越南」（betonamu）。

是菸垢的牙齒。

「我有事和你談。」

莫理告訴我，想要改回D級的話，去打個工。

「你等一下去當Q路線的司機。我已經和那邊的配送主管打過招呼，你用我的名字、拿我的資料去，對方會下指示給你。只要等一下能夠順利成行，我就把你的紀錄改回D級，讓你保住工作。」

「薪水怎麼算？」

「我不是說了，我會把你的紀錄改回D級，讓你保住工作。」

我舉起雙手表示明白，接過莫理給的資料，離開現場。

「年輕時才會有西瓜臭，長成大人後，就會變成蝦米臭，只有現在這階段才會是西瓜臭，你可別忘了啊！金巴力！哈哈哈！」

莫理怒吼般大叫，倒三角形的身體在耀眼陽光的照射下，在地面上映出黑洞般的影子。

Q路線不是我們這種一般送貨司機有資格擔任的，聽說工作內容和政府有關，詳細情況屬極機密，不得而知，我也不曾見過哪個傢伙炫耀自己開Q路線。

我走在咱家公司所在建築物的另一角；那裡設有好幾處柵欄，聚集著佩帶手槍的警衛；我一一對他們出示莫理給我的資料，進到裡頭；那兒感覺很像醫院。

我終於找到Q路線的送貨負責人。

找人並不難，只是因為這片區域沒有人可問。

「好，馬西亞斯，你坐進十三號車等客人上車。客人上車後，聽從客人指示，等客人辦完事情，你載客人回到這裡。聽懂了嗎，馬西亞斯？」

負責人是個臉上毫無表情的男人。

「知道了。不過我不是馬西亞斯，我叫金巴力．喬瑟夫……」

男人凝視著我，表情宛如一片空白的公布欄。

「你是馬─西─亞─斯，對吧？」

我和負責人站在寬闊的送貨區內。遠處傳來堆高機倒車的警示音。一陣風吹過我們兩人中間。

「啊，是的，我是馬西亞斯，沒錯。」

我這麼回答完，負責人遞過裝了車鑰匙與許可證的小塑膠盒及文件夾。

「別對客人多問，馬西亞斯。如果客人知道你不是馬西亞斯，你將會被逮捕，運氣好一點則是明天開始失業。」

我聽到自己喉頭嚥了下口水的聲音。

十三號車看來很像大型冰淇淋兜售車。

我檢查駕駛座附近，沒看到什麼特別的東西或沒見過的裝置，鬆了口氣。接著我繞到後面，打開對開的後門，裡頭有個安置病患用的窄床，車廂壁上有聖經、照明燈具和醫藥用品架。奇妙的是窄床上有數條皮帶，手腕、胸部、腹部、雙腳……如果全數綁上，連熊都只能乖乖就範。車廂壁架上還有電擊槍與手銬。

我試著握握電擊槍的槍柄；槍的重量大約一個平底鍋，只有最前端電極部分露出閃亮的金屬，其他部分全是黑色。我看到架子下方有個塗鴉，像指甲抓出來的文字寫著「神」。我把電擊槍擺回原處，離開車子。

我開著冷氣在駕駛座上等了約莫三十分鐘。

窗外傳來叩叩敲擊聲。一個身穿西裝的男子輕輕舉起手。

男子的體格與莫理差不多臃腫，卻不討人厭。

「我是尼古拉，麻煩你了。」

「我是馬西亞斯，請多指教。」

「出發吧，檢察官和醫生已經搭其他車子出發了。你知道地方吧？」

「是的，」我說出資料上確認過的地點。「阿蘇糞❷。」

「沒錯。」

車子輕快起步，沒有想像中沉重。

我們在單程兩小時左右的車程中聊著天。這是好傾向。兩人獨處卻沉默以對的話，簡直像吞牛糞一樣難受。

他稱自己是「Pusher❸」。

「不是毒販喔，是這樣子按，工作上使用的主要是我的右手大拇指。」

我不太說話，乖乖當個聽眾。假如不小心得意忘形、脫口而出什麼不該說的話，就完蛋了。不過話說回來，尼古拉還眞是個有趣的傢伙。他八成在醫學方面有所擅長吧，不斷告訴我些奇妙的話題。

「肛門的世界有所謂『達爾文獎❹』，聽過嗎？」

「肛門的世界？」

「這是屬於SM和同性戀世界的獎項，達爾文獎的給獎標準是根據從肛門出來的東西決定。去年是手機男。那傢伙瞞著老婆躲在公司廁所裡享受，結果一不小心手機跑進直腸更深處去，那傢伙當然急著想把手機拿出來，結果手機穿過S狀結腸，沒辦法靠自己拿出來，到了這種地步只好上醫院了。這件事在那陣子還引起一場大騷動。」

「爲什麼？」

「那傢伙的老婆告訴警方，不斷接到從老公手機打來的莫名其妙電話，接起電話，只聽見男人詭異的悶聲。她對著電話說：『喂喂，老公？』對方沒有回應，只聽見『嗯嗯』的聲音……你應該知道爲什麼吧？」

「重撥鍵？」

❷ 註：阿蘇糞，日文「アソクソ」，有「亂七八糟」之意。

❸ 註：Pusher，有按鈕者、推手、毒販等意思。

❹ 註：達爾文獎（Darwin Award），每年定期頒發的諷刺獎項，用意是「蠢蛋因爲愚蠢的行爲而死，幸好那愚蠢的基因沒有遺傳給子孫，頒獎以資恭賀」。

「是的，那傢伙的大腸按到了重撥鍵，屁股打電話給自己的老婆泰子。」

我的肚皮整個扭曲。搞什麼啊，第一次和這麼有趣又愚蠢的對象一起搭車。「尼古拉，你棒呆了！」

我們半路上去了趟小吃店。

這段期間，尼古拉繼續說著肛門世界的達爾文獎。

「就我所知，有個腦袋有問題的落魄前衛藝術家曾把水泥漿灌進自己的直腸裡。我想可能是嗑藥還是什麼原因，讓他幹出那種事。水泥凝固後可淒慘了，後來當然必須動手術摘除，從肛門到小腸一帶全部撕裂，光是混了各種東西的水泥漿就重達三公斤，那傢伙可憐的肛門就像颱風天的雨傘一樣整個翻開……」

「後來怎樣？」

「裝人工肛門啊。原本的肛門塞住，在肚臍附近開個洞，拉出腸子裝上人工肛門。那傢伙現在仍把那塊水泥當作藝術品裝飾在自家玄關處，標題是『分娩而出的藝術』。」

我的冷漢堡排和尼古拉的冷烤牛肉總算送上來。

「回程如果也能聽到這麼迂腐的故事，我可會感激涕零。」

「今年的達爾文獎得獎者，是個軍人退役的六十歲老爹。」

「同性戀嗎？」

「不是同性戀……不，我也不是很清楚，搞不好真是同性戀，不過這次的事件與同性戀無關。老爹有嚴重的痔瘡，看起來像是屁眼冒出很多根香菇，不管怎麼塞，疣還是會像打地鼠一樣冒出來，在內褲上來回著色，連妓女看到都蹙眉。」

「會影響勃起吧？」

「是啊，他有勃起障礙。老爹和痔瘡的疣對戰好一陣子之後，覺得該想個法子一勞永逸，這時他看到葡萄酒，想到可以塞個栓子把肛門堵住。」

「塞是可以，可是改天要拿出來時，怎麼辦？」

「陸軍出身的人不會想到那麼遠。正當他很高興一切按照計畫順利進行，不料卻引發嚴重的便祕，腸子搞到像胖子的長襪一樣快爆開了。把老爹送到醫院去照了X光後，看到裡面有個奇怪的物品，醫生問那是什麼，老爹說，那是高射砲的砲彈。他把以前偷藏起來的砲彈塞進肛門裡。醫生嚇了一跳，緊急動手術。可是，就在局部麻醉完、準備動刀時，醫生幾分擔心的問老爹……」

「問什麼？」

「他問，那枚砲彈應該是死彈吧？老爹突然起身大罵：『開什麼玩笑！你以為我會用那種垃圾嗎？這是完整無瑕的未爆彈！裡頭有火藥，雷管也好好的，像戰鬥機一樣隨時都可以發射！』」

「居然有這種事。」

「全體醫生拋下老爹，和全院患者一起一個不留地逃到醫院外頭緊急撤離，然後呼叫炸彈拆除小組前來處理。老爹在拔除雷管這段期間，一直保持丟臉的姿勢。結果砲彈拔出來後，一堆意想不到的爆裂物跟著噴出，襲擊拆彈小組。」

我和尼古拉抱著肚子狂笑。

總之我們一路上都是這個樣子。下午三點過後，終於抵達阿蘇糞。

阿蘇糞比傳說中還嚇人；乾燥的土地上處處有著工廠廢棄液體形成的水窪；很難想像這裡的居民要怎麼在這個貧民窟活下去。

「他們在距離這裡稍遠的垃圾場拾荒賣錢。典型的貧窮黃種人。」

進入小路後，尼古拉變臉小聲說。整排鐵皮屋搖晃，吱嘎作響。

來到凹凸不平的道路上，我看到一輛警車停在該處，便把車子停在它旁邊。

「你在這裡等。」尼古拉下車，和警官模樣的男子說話。「馬西亞斯，把車子停到那邊的榆樹蔭下。」

我照著他所說，停好車子後下車。鐵皮屋內、屋外的樹蔭底下坐著的人全盯著我。我以眼睛禮貌示意，卻沒有得到回應。

一看，警車停放處附近的鐵皮屋裡人山人海。入口處有個胖女人雙臂抱胸，時而按按太陽穴一帶。她的腳下纏著兩個小傢伙。女人身旁是高中生模樣的男女忙碌進出，同時對警官與尼古拉投以銳利的眼神。

接著從裡頭走出兩名和我們相同的男子，向尼古拉打招呼。

我的背後突然竄過一股不舒服的預感，叫人感覺毛骨悚然。

「喂！」尼古拉叫我。

「這是司機馬西亞斯，介紹一下，這位是檢察官都肯先生，這位是監獄醫生史蒂芬先生。」

「我是傑佛瑞，看就知道我的工作了。」

「是。」

警官用力握住我的手。

「判決結果已經宣布，當事人也接受了，行刑上沒有什麼問題。」

都肯摸著嘴邊的鬍子低聲說。

「這些群眾沒有影響嗎？我擔心他們會鬧事……」

「別緊張，黃種人頂多只會眼裡懷著恨意瞪你，不會抵抗。特別是這些吉普賽傢伙，會失去祖國也只能怪自己的政府愚昧；現在在別人家院子裡當食客，仰賴他人照顧，不論受到什麼對待，也早已有所覺悟了。」

聽了尼古拉的話，警官吐出嘴裡混著菸草的口水。

「好，步驟照常，現在給當事人最後的時間，三十分鐘後送他上車，記住了。」

檢察官說完，除了我之外的三個人點點頭。

我發現自己面對的「打工」非同小可，是顆超狗屎的定時炸彈。我開始想吐。

猛然一轉過頭，圍觀的群眾比剛才更多了。

還能聽見某處傳來的狗叫聲與女子的啜泣聲。

「那麼我們在車子上待命吧。」

檢察官與監獄醫生朝鐵皮屋的陰影走去。那邊應該有台附司機的高級黑頭車。

「可惡！熱斃了！」傑佛瑞擦擦臉上的汗水，坐在鐵皮屋的陰影處。大人後退避開他，小朋友則像看什麼珍禽異獸般遠遠圍觀。

「馬西亞斯，我們該準備了。」

進入車子後頭，尼古拉要我拿沾了酒精的抹布擦拭那張床。

他則一個一個仔細測試床上的皮帶是否牢固。

「不這麼做，有時遇到凶暴的傢伙就麻煩了。」

接著，尼古拉打開嵌在車廂壁上的壁板，那裡頭有個擺乾電池的框。

「馬西亞斯，打開那扇小門，從裡面拿出管子來。」

我照著他所說，打開出入口附近的小門，裡頭有三個窄水壺大小的水箱。

「把那些全部拿過來。」

拿給尼古拉後，他小心翼翼地把三個水箱分別插在剛剛那個有乾電池槽的壁板內。

「這回這玩意兒應該會奏效吧。」尼古拉用手指敲了敲其中一個水箱。

「巴比妥鹽……」我念出貼在正面的標籤。

「這是改良型麻醉藥，之前用的藥太糟糕了，不論等多久都睡不著。我自己的經驗是三個人裡面會有一人不奏效。你呢，馬西亞斯？」

「跟你差不多吧。」我半帶笑意回答，避免被發現在說謊。

「業界目前也相當正視這問題。第一步先以巴比妥鹽讓受刑者睡著，接著用這邊的肌肉鬆弛劑讓肺功能停止。再來是用這邊的氯化鉀讓心臟停止。」尼古拉伸出手指。「這種是展示會上的說明方式，事實上讓他們睡著用的巴比妥類麻醉藥並非對所有人都有效……那場面眞的叫人慘不忍睹啊，活生生的人二十分鐘後沒辦法好好呼吸，然後心臟停止，臉脹得像腐爛的番茄一樣紅，有些人還會從耳朵和眼睛流出血來。我曾經看過有些傢伙因爲太痛苦，而自己扯下肩膀骨頭或折斷手腕。注射死刑眞是叫人反感……」

我拚命不去意識手指的顫抖。曾聽說死刑執行巡迴車的存在，卻沒想到自己會成爲當事者。

尼古拉對跌坐在地上的我笑著說：

「你也累了，去外頭吹吹風吧，還有二十分鐘，二十分鐘後再回來就行了。」

「抱、抱歉。」

我結結巴巴道謝後，飛也似地奔出車外，遠離鐵皮屋，邊跑離邊咬著拳頭，因爲我感覺自己胃部一帶醞釀著要大叫出聲。

這時候，我的手機響起。

「爸爸……」我聽見小不點的聲音。「今天一起吃飯嗎？」

「啊，好……」

接著我聽到電話另一頭傳來孩子們的歡呼聲。電話換老婆接聽，我們聊了兩三句話。老婆的聲音溫柔又平和。

「他媽的！莫理那個王八蛋！」掛掉電話，我踹著地面、抱頭、當場癱坐在地，茫然望著工廠煙囪吐出的煤煙；細細的煙囪讓我想到死神的手指。

根本沒聽說過行刑者居然雇人打工。正牌的馬西亞斯因爲某個無可奈何的原因避開，私底下悄悄找替死鬼，而這個替死鬼就是我。這件事情曝光的話，我八成會被抓去關。

我突然聽見口琴聲。

彷彿受到那聲音的牽引，我走近孤立在稍遠處的一間鐵皮屋。倚靠著牆壁的十來歲小孩看到我嚇了一跳。

「吹得眞好。」

小孩緊張的看著我。

「可以再多吹一會兒嗎？」

於是小孩再度吹起口琴。那是我聽過的懷念曲子。他身上穿的大概是大人的衣服吧，寬鬆的褲子底下看得見細小的膝蓋；小腿與手腕也細得嚇人。

「你幾歲？」

「十二。」

「叫什麼名字？」

「伊藤高史。」

「口琴……誰教你的？」

「爸爸。」

「眞厲害。」

我摸摸他的頭。高史在發抖。

「時間到。」

檢察官看看骨董懷錶後說。聽到他的話，警官和醫生開始動作。

尼古拉命令我在床邊待命。

「先讓犯人躺在床上，用皮帶固定。史蒂芬醫生會裝上靜脈注射用的針管。之後你、我和史蒂芬同時按下這個按鈕。」尼古拉讓我看模樣很像呼叫護士時使用的開關，上頭附有按鈕。「上面有三個按鈕，每個按鈕各和一個水箱連動。你代表市民來按鈕，明白嗎？」尼古拉看到我的臉色，露出困惑的表情。

這時候外頭傳來女子更大的哀嚎聲。警官帶著犯人上車來。

我懷疑自己的眼睛看錯了。戴著手銬的，正是剛剛吹口琴的小孩。

「你不要緊吧，馬西亞斯？」

我含糊點點頭，忍不住開口問了原因；問問題很危險，可是我無法不問。

「尼古拉，這傢伙做了什麼過分事？」

「沒什麼大不了的，他去搶便利商店，拿玩具槍射擊老闆娘，搶了些零錢後逃跑。」

「射擊老闆娘？用玩具槍殺死了老闆娘嗎？」

「心臟麻痺。那個老婆婆聽到空砲彈的聲音嚇死了。結果還是以殺人罪定讞。哎，因爲他是黃種人，判決才會這麼快。」

「沒必要判死刑吧？」我低聲說。尼古拉沒有回應。

小孩躺到床上來。

我繫上手腕的皮帶時，與高史視線交會。從那之後，他的視線不曾離開過我。我這時候終於理解馬西亞斯爲什麼不來了。

「喂，幫我拿一下。」

尼古拉把開關遞給我。

除了警官守在車外，其他人都在車上。

「行刑！」

都肯的聲音響起。我的眼睛從高史身上轉開，按下按鈕。我感覺自己全身血液彷彿正從毛細孔流出。

高史開始氣息紊亂，看著我的眼睛漸漸失去光芒。他的胸口大幅度上下起伏了兩三次，臉不情願似地左右搖動。

然後結束。

史蒂芬醫生檢查脈搏與瞳孔，宣布了時間。都肯以手機回報上級。

他們將遺體搬到擔架上，送到車外，一名父親模樣的男子立刻上前抱住少年。

我想用視線燒死他。

「沒想到這麼順利。」尼古拉收起擔架，對我擊掌。

擊掌聲惹來數名居民的瞪視。

四點半行刑結束。回程又是我和尼古拉兩人獨處。他不斷繼續說著前年、大前年、再前一年的達爾文獎話題，可是我已經不覺有趣。

在車站讓他下車後，我回到車上。家裡打了好幾次手機來，我都沒辦法接。

靈魂全部變成了沙粒。

我絕望於不好不壞活下去的自己，今後除了欺瞞、背叛、顛倒是非之外，沒有其他路可走。

13

人間失格

穗場走到橋中央時，正好見到一名女子在跨越欄杆。

「等等！」

聽到他的聲音，女子僵住，看向穗場，緊咬住下唇。

「妳在做什麼？」

女子沒有回答。

她的胸部以下隱身在黑影之中。女子靜靜地反覆深呼吸，來回看看數十公尺下的黑暗河面與更加黑暗的虛無天空。

雪已經不再下，橋上各處彷彿被撒下白色粉末。

「河水很冷，妳跳下去，還到不了岸邊就會凍死了。」

穗場邊說著邊踏前一步。

雪發出了聲響。

「你別干擾我……」

女子的臉頰上留有數道淚水的痕跡。

「這必須視妳打算做什麼而定。」

她沒戴手套的手正抓著欄杆邊緣。

「都已經半夜三點了，居然還會有人過來……」

「這裡很出名，已經有無數個愚蠢的傢伙從這裡跳下去了。」

女子大衣底下的胸口大幅度起伏。

「我知道，因此這裡稱作『愚者之橋』。」

「沒錯。」

穗場脫下手套，拿出香菸點火。每個動作優雅到足以稱之爲緩慢。女子不發一語地凝視著他的動作。

「原因呢？」

「知道了又如何？難道你打算事後緬懷我嗎？」

「如果妳希望我那麼做的話。」

「隨便你。再見。」

女子再度面向河川。頭髮隨著底下吹上來的風搖曳。

「妳會變得光溜溜哦。」

手正準備離開欄杆的女子停止動作，再度看向穗場。

「光溜溜……懂嗎？就是全身一絲不掛、全裸……」

「什麼意思？」

「妳這樣子跳下去，外套和裙子會因爲衝擊而剝落，衣服會往上翻到胸部上，變成不忍卒睹的半裸模樣，順流而下漂到十公里左右的下游河堤處。妳應該知道吧？那附近其實是下賤的花柳街，有不少超出常軌的不三不四傢伙。聽說漂流到那邊的年輕女孩遺體會消失一陣子，不曉得被運到哪裡去，等到完全腐爛了才會被發現。」

「爲什麼？」

這個嘛——穗場欲言又止。

「說啊！」女子態度強硬的說。「你少胡說八道！」

「我沒有胡說，只是覺得直接告訴妳眞相似乎太殘忍。如果妳無論如何都想知道，我就告訴妳。」

「告訴我。」

穗場深深吸了變短的香菸最後一口，吐出煙，走近欄杆，將菸屁股彈到橋下去。火星飛舞，菸屁股被吸入河面。

「那群傢伙中有些人只要見是年輕女孩，不在乎是死是活，都會毫不猶豫地做愛。」

「你說什麼……騙人的吧……」

女子的臉色變得更加慘白，不只是冷的關係。

「被找到的屍體雖然腐爛了，但基本上都還能有個可以看的樣子回家；另外也有一些可就沒那麼好運了……」

「不好運的那些是？」

「再往前一點有許多養豬人家，裡頭有些豬隻特別喜愛人。促進食欲的關係吧。」

女子渾身顫抖。穗場看見她重新抓好欄杆。

「死、死都死了，無所謂。」

「妳是無所謂。假設妳倒楣地成了豬隻的排泄物，接獲通報前來的警官看到妳，心裡作何感想？這樣一來，妳爸媽必須把妳充滿糞便味道的屍體殘骸堆在棺材裡，這對失去女兒的父母親來說，太可悲了吧？」
「眞是討人厭的假設。如果我的屍體沒被找到，你會通報警方嗎？」
穗場沒有回答。
「爲什麼要自殺？」
「我不想提。」
「妳幾歲？」
「二十二，明天滿二十三。」
「應該已經二十三了吧？已經過午夜十二點了。」
「咦？」女子沉思一會兒，抬起頭。「嗯，沒錯，已經二十三了……我眞是笨。」
「比我小五歲。有什麼原因非死不可呢？」
「再活下去也沒意義，反正我活不到你的年紀。」
「如果讓妳就這麼死掉，我會很頭痛。」
「什麼意思？」
「我也要來自殺的。」
穗場從口袋拿出小塑膠瓶，把藥丸倒在手上，沒一會兒就聽見咀嚼聲。
聽到那聲音，女子眼睛大睜，動彈不得。
「你做什麼？」
「我和女朋友半年前一起在這裡跳河自殺，卻只有我獲救，所以今天晚上我要來自我了斷。本來以爲這種時間來，就不會有人打擾了。」
穗場把藥丸全部倒在手上後，再度把小瓶子丟進河裡去。
「這樣妳明白了吧，我們兩人立場相同，沒必要莫名其妙地假裝同情。」
穗場凝視著橋下那片無垠的黑暗。
「妳男朋友是怎樣的男人？」
「什麼？」
「男朋友，應該有吧？」
「爲什麼這麼說？」
「因爲妳長得很漂亮。」
聽到穗場的話，女子露出憤怒的表情。
「你現在是在嘲笑我嗎？」
「人都要死了，我還騙妳做什麼？妳如果騙我沒男友，也很沒意思。」
女子好一陣子低著頭。
雪又開始下了。
遠處傳來一聲汽笛聲。
「有是有，但已經死了……」
女子堅強地抬起下巴，眼神堅決地告訴對方：如果有那麼點諷刺或廉價的同情，請不要說出口。

「抱歉，妳可以改天再死嗎？」
「我都已經準備好了，不要，我一定要死！」
「妳這樣我們會被誤會是殉情啊，大家誤以爲我和妳是一對戀人……」
「開什麼玩笑，我們只是陌生人啊！」
「妳以爲我喜歡嗎？別叫這麼大聲，如果有人跑去報警就麻煩了。這種下雪的夜裡，聲音特別容易傳開……話說回來，我又能怎麼辦？『爲情所困？再度有年輕男女跳下愚者之橋』——媒體就愛這種腥羶話題。」
「我才不要！你選其他天再自殺吧，讓我先死。」
「怎麼可以？我很早之前就決定今晚自殺，連租屋都解約了。從失去女朋友之後，我每天都望著這座橋，爲她服喪；滿心爲了當時只有自己活下來而後悔、憤怒，思考著爲什麼。後來我終於明白了這或許是她的意思……」
「她的意思？」
「她要我繼續活下去。我並非偶然獲救，而是她救了我。」
「你們不是說好一起死嗎？她爲什麼又要救你？」
穗瑒嘆口氣。
「這很難解釋，妳又不認識她……」
「的確很難。那麼我先告辭了。」
女子開始動作。

「妳跳下去，我也會跟在妳後頭。如果因此被世人誤會是殉情，雖不願意，也只好由他們誤解了。」

「爲什麼？你不是要繼續活下去了嗎？」

「我已經吃下那麼多藥，妳剛剛沒看見嗎？我的身體裡已經充滿超過致死量的藥物了，因此不管怎麼做，我只有選在今晚一死。」

「過分……眞不敢相信……」

「以一個想死的人來說，妳還眞有精神呢。」

穗場苦笑。

「你在捉弄我嗎？這樣做有趣嗎？」

「不是，只是我有一定要選在這裡跳河的理由，而妳似乎沒有。再說我也看不出來妳爲什麼要死。眞的非死不可嗎？不是爲了什麼歇斯底里或沒意義的嫉妒吧？眞的有什麼值得一聽的原因嗎？」

女子動也不動，看來她似乎僵住了。

穗場抬頭看看橋上的路燈。雪仍繼續在下。無數的白雪在冰冷的燈光下閃耀，開始掩蓋馬路上描繪的中央分隔線。

「有啊……」

以黑暗爲背景的女子小聲說，低沉的聲音中帶有幾分淒涼。

穗場感覺自己背後的汗毛直豎。

「我……醫生已經宣布放棄治療了。我全身的神經慢慢失去作用，已經無藥可救，頂多只能再活兩年，可是在那之前，我會先無法自己行動，上個月醫生明白告訴我，三個月之內，管理運動方面的神經將會麻痺。」

穗場目不轉睛注視著該女子，但女子沒有看向穗場的眼睛。

「麻痺進展到無法行動的階段，接著就是無法排泄，最後停止自發性呼吸，以植物人狀態等死。在那之前，我的大腦很可能被摘除。」

「這……我該說什麼好？」

女子搖搖頭。

「什麼都不用說……你應該懂吧？我並不希望你說什麼。」

「嗯，我懂。可是……這樣好嗎？妳看來還不像窮途末路到非得『今天』、『現在』、『在這裡』自我了斷，不如好好把握剩下能夠自主行動的時間。當然我這麼說也有幾分請妳讓我先死的意思。」

結果女子發出乾笑。

充滿自嘲的味道。

「我說錯了什麼？」

「你眞的什麼也不曉得耶。注意到那邊掉落的東西嗎？」

聽了女子的話，穗場看了看四周。

在女子站立的欄杆內側的昏暗雪中，有個棒狀物。

「妳是說這根手杖？」

穗場將它拾起，那是盲人專用的白色手杖。

「我的眼睛早已看不到了。現在醫院應該正在大騷動吧。要是被帶回去，我不會再有機會跳河。對你來說跨越欄杆沒什麼，可是對我來說，光是這點就很吃力。」女子轉向穗場，彷佛正在看著他。「我和你一樣，我男朋友前天死掉了，因爲意外。我已經不想再多說了……」

兩人沉默佇立。

這期間寒風吹過好幾次。

「傷腦筋……」

穗場喃喃說完，伸出手杖輕輕碰了下女子的肩。

「我已經不需要，用不到了。」

「妳這樣子令我很困擾，我也已經活不成了啊，手指不斷在痙攣。」

「你不要在這邊死！去其他地方！拜託！拜託你！」

穗場的膝蓋當場跪地。

「怎麼回事？」女子近乎慘叫的喊出聲。

「藥效發作了，現在雙腿無力，哈哈……」

他就地癱坐。

「別這樣！我不管！你爬不動嗎？爬到遠一點的地方去，去不知名的地方等死！」

「哈哈，說什麼蠢話……」

穗場緩緩躺倒在雪中。

冰冷的雪凍住他的臉頰。穗場抬望天空一會兒後，緩緩閉上眼睛。

「我開始想睡覺了……」他自言自語小聲說。

耳裡聽到白雪降下堆積的聲音。突然有個冰冷的手指碰著他的臉，下一秒穗場感覺到激烈的搖晃。

「喂！要不要緊？振作點！」

他睜開眼睛看到女子的臉。

女子靠著手的觸感越過欄杆，回到橋上。當然她的眼睛看不見，卻半緊咬牙根拚命叫喚。

「妳怎麼過來了……」

「你聽好！」女子雙手捧著穗場的臉，靠近說：「我把你搬到橋的另一邊幫你叫救護車，相反的，你別打擾我自殺，拜託，我真的很想死，求求你。」

女子說著，鞠了好幾次躬。

「我也想……」

「你還不要緊，你的選擇比我更多。」

「少自作主張了！」

結果女子把穗場的手拉進自己的衣服底下。溫熱的肌膚溫暖了凍僵的手。

「妳做什麼？」

穗場想抽回手，女子卻握得更緊。
「我感覺得出來你還想繼續活下去。總有一天，你會遇到更棒的女孩。」
女子的體味順著掀起的衣服揚起，傳到穗場的鼻腔。那是股勾起人溫暖回憶的懷念味道。
「笨蛋，這樣妳會感冒。」
「我還會在乎嗎？」
女子笑了笑。
穗場的手開始動了起來。
脫離女子的手，靠自己的意識移動。剛剛指甲一直碰觸到女子的胸部，穗場伸手握住柔軟有分量的乳房。
「唔！」
女子輕聲驚呼，但沒有排斥。
穗場的眼睛看向女子看不見的眼睛，兩人注視著彼此。接著穗場輕輕抽出手。
女子深深嘆息。
即使把手插入雪中，穗場還是可以感覺到指尖殘留的溫暖。
「妳男朋友是怎樣的男人？」
「普通人，真的很普通，卻是全世界最棒的人。」
「妳似乎很後悔沒和他上床？」

「喂，夠了吧？我們過去橋那邊吧，然後打手機叫救護車。」

女子打算扶起穗場，他卻抵抗。

「不好意思，我不搭救護車。」

「爲什麼？」

「我要殺了妳。」

「什麼意思？」

「說來丟臉，我的口袋裡事實上另外有一瓶解毒劑。等我喝下解毒劑，恢復精神，再把妳拋棄在欄杆旁邊。」

聽到這番話，女子的表情頓時開朗了起來。

「你說眞的嗎？」

「是的。我只有一個條件，如果妳決定不死了，我希望妳當場明白說，即使我已經領著妳到欄杆旁了也沒關係。妳答應我這項條件，我就幫妳自殺。」

「好。」

「我現在眞的很痛苦。說出來妳可能會覺得好笑，除了我女朋友之外，從來沒有人肯定過我。可是我的心此刻卻感覺很溫暖，因爲有妳在。妳剛剛的舉動把我當成一個『人』看待。」

「我不覺得你是那麼自卑的人，你穿的衣服質料高級，還使用古龍水，一定很講究儀容。你從事什麼工作？」

「……神經科的實習醫生。我父親經營一家綜合醫院。」

穗場小聲說。

女子一瞬間有些吃驚，旋即又恢復黯然的表情。

「妳的症狀，我想應該屬於提克里斯氏症的次種❶。那的確是不治之症。」

「病名太複雜了，我記不住，只聽說叫作『神經壞死症候群』。」

「那是日文名稱。妳的病歐美人研究得更熱烈。去年獲得世界級權威大獎詹納獎❷的，正是比利時研究團隊關於提克里斯氏症的相關研究報告。將來透過治療，有百分之百痊癒的可能。」

聽到穗場的話，女子笑了起來。

「事到如今，已經無所謂了。」

「也對。我先喝下解毒劑。」

穗場從口袋拿出迷你瓶子，一口氣喝光。

「喝了嗎？」

「嗯。」

「好多了？」

「要再等一下。」

女子伸出手指在雪地上寫字。

「詩織……」穗場把她寫的字念出口。

「我的名字。」

「我叫英一。好，已經沒事了。」

穗場牽著詩織的手扶她站起來。

「好冰喔。」

穗場說著，對詩織的手哈氣。詩織默然接受。

「你眞溫柔。你的女朋友之前一定很幸福。」

「我根本沒能給她幸福……我太軟弱了。」

詩織在穗場的引導下跨過欄杆；欄杆另一側有個寬十公分左右的突出平台，穗場告訴詩織腳要朝哪邊、怎麼擺，讓她穩穩站在平台上。這段期間，兩人的手一直緊緊交握。

詩織的手無心發抖。

「妳還是決定要跳嗎？」

❶ 註：提克里斯氏症之次種：此爲作者虛構的病名。此種神經萎縮疾病在台灣稱作「運動神經元萎縮疾病」，與漸凍人的「肌萎縮性側索硬化症」（ALS）類似，不過前者是神經萎縮，後者是肌肉萎縮。此症早期症狀輕微，可能只是末梢肢體無力、肌肉抽動及抽搐，容易疲勞等一般症狀，漸漸進展爲肌肉萎縮與呑嚥困難，最後產生呼吸衰竭。如經判別是神經萎縮，目前有治療成功的案例。

❷ 註：詹納奬，虛構的奬項。詹納是愛德華・詹納（Edward Jenner, 1749-1823），英國醫生，以研究及推廣牛痘疫苗，防止天花而聞名，被稱爲免疫學之父。

穗場問。詩織沒有回答。

「明天應該不會再下雪了。」

「英一……謝謝你為我做的一切。」

「詩織……去我父親的醫院接受治療吧？」

「你在說什麼……」

「我一定會治好妳的病，所以……我希望妳能待在我身邊。」

詩織抬起頭，看不見的眼睛回望著穗場。

「不可能。」

「可能！我會試著說服爸媽，所以……請待在我身邊。」

「別說傻話了！我的眼睛看不見，只會成為你的負擔啊！」

「只要待在我身邊就好，這樣就夠了。」

詩織碰了碰穗場的臉頰，發現他正在流淚。詩織有點喘不過氣。

「真不敢相信居然有你這種人……」

「我或許很蠢、或許很笨，但我寧願當個笨蛋！」

兩人一瞬間放開交握的手，詩織往半空中倒去，下一秒，穗場伸出雙臂牢牢抱住她。

「對我說好！告訴我妳願意待在我身邊！只要妳活著這段日子，只要這樣就好！」

詩織說不出半句話，一陣陣湧出的淚水讓她哽咽。

「說妳願意！」

穗場的話讓詩織腦袋中某個東西彈開，她不自覺點頭。

「……我願意。」

穗場抬起頭。

「妳說眞的嗎？生日快樂，詩織，我愛妳。」

「謝謝，英一，眞的謝謝你。」

兩人的嘴唇自然而然地貼近……的時候。

穗場的手機突然響起。

「啊，喂？」

穗場的身體離開詩織，背對著她開始講電話。

「妳看到了？小笨蛋！才沒有接吻咧！只是做做樣子而已，做做樣子！」

「你在做什麼？」

詩織的聲音在顫抖。

「啊？講手機，是我女朋友，她用望遠鏡從那邊的大樓看著我們。我很想看人瀕死的樣子，才搬到那幢大樓。後來漸漸覺得只是看很無趣，於是開始玩起遊戲，隨便亂說一些話，讓準備自殺的人燃起一絲希望後，再度把他們推入萬丈深淵。臨死前，人都非常單純好騙呢……」

詩織的臉色變得深沉黑暗。

嘴裡發出噗吱一聲，舌尖咬斷了，鮮血從嘴唇流出來。

穗塲從口袋拿出數位相機，對著詩織按快門。

「呵呵，這表情超棒的。」

下一秒，在穗塲的相機閃光燈之中，詩織帶著憤怒的表情，擺出十字架的姿勢往後仰躺，消失在欄杆處。

一會兒後，遙遠的下方傳來水聲。

穗塲什麼事也沒發生的模樣收起相機，邊講電話邊走開。

「哎呀，眞是好騙，這回的傢伙也完全中計。嗯，只是得了不治之症的傢伙。跟妳說沒親到啊！沒有！嗯，好，改天帶妳去迪士尼樂園……」

欄杆上詩織的小手印，後來也在朝陽中融化殆盡。

14

老虎的肉墊是消音器

在我猶豫時，岡哥說了句：「帶她去動物園吧。」

「爲什麼是動物園？」

「和子對吧？五班的？和子的話帶去動物園準沒錯。有什麼不好？反正很近啊。」

「可是，動物園會不會太突然？不是應該去看個電影或去迪士尼樂園？」

「動物園一定沒錯，相信我。」

高中時代，岡哥對於我和長渕來說，是無可取代的重要夥伴；他身材高大、腦袋聰明、拳頭硬；挨他一拳，會痛入頭骨。

於是我照岡哥所說，邀和子到學校正後方的市立動物園去。

「如何？」

隔天，岡哥一問，我比了個勝利手勢。

「很順利吧？」

「我們接吻了，也摸了她的胸部，雖然只是隔著衣服。」

「太好了。」

岡哥鼓起鼻孔開心毆打我的頭。眞的很痛，雖然不清楚他爲什麼要打得那麼用力，不過看來不像在生氣，我對他嘿嘿笑了笑，就當他是在爲我「祈福」。

順帶一提，「祈福」這字眼是我過世爺爺的口頭禪，當我想用點特別的說法時，就會想到它，可是說出口八成會被嘲笑，所以我只想在心裡，嘴上不講。

在聊這話題時，長渕走過來，出乎意料地也說他要去約會。對象是三班的千佳。他同樣爲了不曉得去哪裡約會而傷腦筋。

「去電影院。」岡哥說。

「爲什麼不是動物園？」

「因爲對方是千佳啊，千佳的話就去電影院。」

「喔，好，就去電影院。」

「等等，爲什麼和子就是動物園，千佳卻是電影院？」

「有什麼關係？你不是摸到胸部了？」

「嗯！阿茂，你已經進展到胸部了？」

「你的意思是約會對象是我，所以適合去動物園嗎？」

我囉哩八嗦地追根究柢，惹得岡哥不耐煩地突然一拳打向體育館牆壁，發出一聲巨響。

我下意識慶幸那一拳不是打在我的腦袋上。

「因爲和子是笨女生！笨女生只能帶去動物園！笨女生喜歡動物！沒辦法和笨蛋溝通也無所謂，只要讓她看看老虎、猴子，就能夠有機可乘！女孩子的下體會像平底鍋炒過一樣變得很濕！」

「和子的確是笨女生。千佳一年級時，數學會拿過七十分喔。」長渕一副了不起的模樣說。

「知道了嗎？和子很濕，很濕的女生最喜歡動物了。」

岡哥這麼說完，長渕也附和道：「和子很濕。」

我哭了。沒錯，隔著內褲輕輕摸到和子的下體時，的確很濕。

這是高中二年級的事。畢業後我們開始工作。我在名爲「宮城屋」的中華料理店工作，老闆聽說是從上海修業回來。長渕繼承家裡的文具店。岡哥則在HOYOTA汽車工廠的生產線上班。岡哥說他的工作是製作自用車的車身外殼。休假日偶爾見面時，感覺岡哥充滿社會人的一板一眼，很有精英的架式，有點恐怖。當我揮舞著中華炒鍋、長渕對小學生推銷橡皮擦時，岡哥正快速製作國家經濟根基的汽車車身外殼。工作的偉大程度硬是不同。

我喜歡長渕也喜歡岡哥，因此很爲他們高興。感覺岡哥好像也連我們的份一起爲國家效力。

「這叫作『汽車普及化』。」

岡哥傍晚來到居酒屋，就不斷大談日本汽車如何支配全世界的話題。咕嚕嚕大口喝下啤酒的姿態完全像個大人。這也是我第一次見識到同班同學享用日本酒的模樣。

他點了「熱燗❶」。喝酒的樣子實在非常大人，讓我和長渕也心癢地跟著點了一杯來喝。哪知道酒杯才舉到嘴巴附近，羼著猛烈酒精味道的刺激熱氣撲鼻而來，讓我們連咳了好幾聲。

「你們真的是小鬼吶！」岡哥哈哈大笑。

岡哥工作的生產線擺放著數台巨型沖床。

「金屬板會從這邊柔軟流出來，然後沖床從上面壓下，裁出形狀。」

生產線一天會壓裁出數百片車身外殼，接著再將四周多餘的金屬摘去。

「我們工廠員工有上千人，午餐時間很嚇人喔。」岡哥經常發牢騷。

他每次總在抱怨午餐時間員工餐廳人多混亂到難以置信。已經不想吃老媽便當的岡哥（廢話，從國中起連續吃了六年。出社會工作後還有人喜歡小熱狗或鹽烤鮭魚的話，那可眞是戀母情結了），帶頭第一個衝出廠房去，但可憐的是，工廠正式的出入口只有一個，而且前輩依輩分被安排在靠近出入口處，岡哥等新來的統統排在生產線最後頭，因此再怎麼搶快，還是得遵照正規的規矩，排在最後面。這裡有一處盲點，亦可稱死角；岡哥面前的輸送帶另一側有個傳送材料出去的出入口，那裡平常總是開放。

「輸送材料的輸送帶旁邊，正好開了個能夠容納一個人的縫。」

再加上要走正式出入口，必須繞過整幢工廠建築才行，走這個捷徑能夠把路程縮短至四分之一，就可以輕而易舉第一個抵達員工餐廳。

「既然這樣，走捷徑不就好了？」

「你會這麼想對吧？」岡哥拿過我的香菸，抽了一口。「問題是，必須下很大的賭注。」

簡言之，員工雖有休息時間，生產線還是一樣繼續動作，因此要抵達那個捷徑，首先必須想辦法越過眼前的輸送帶。輸送帶持續載送、壓裁著金屬板，所以必須看準沖床打開那瞬

❶註：熱燗，加熱的日本清酒。

間——一天二十四小時、一年三百六十五天，那台機器除了中元節、過年和修理時之外，幾乎全年無休持續壓裁。只能利用打開那瞬間鑽過去。

「那是五千公噸的壓力。沖床打開，板子就定位開始壓。壓出形狀、吐出板子、下一塊板子跟上、壓裁。壓裁時沖床台子會升起，吐出壓好形狀的板子，因此在下一塊板子送過來前有五秒鐘的空檔，只要能夠趁這五秒時間翻或爬過另一側去，就能夠吃到期待已久的烏龍麵或是咖哩飯，無須等待。」

不用說，公司當然禁止這項行為。可是挑戰者絡繹不絕。

「特別是捷徑正前方那台機器雖然名為編號十二號……」

仔細看看沖床台座處，會看到刻有「正一」。

「那是遭擊潰的員工人數。所以那台沖床大家稱為『正一』。」岡哥說他偶爾也會走捷徑。

我和長渕只認為那是岡哥特有的誇張說法；他想在我們面前擺出領袖姿態，所以故意那樣說。而我們也希望他繼續當老大，因此裝作完全相信的模樣。

可是，原來我們想錯了，岡哥是真的抄捷徑了。工作第三年時，岡哥右邊膝蓋正中央以下，全被沖床壓爛。

「嘿嘿，遭暗算了。」躺在醫院、大腿以下捲著紗布的岡哥，對我和長渕笑著說。

聽他母親說，是殘留在沖床上的金屬板鉤到他的褲子。

結果，不是。

「大家都逃難似的跳過去，我也一樣，可是我突然很想看看沖床內側。」岡哥說他想看看沖床壓裁面上的花樣，因此放慢了速度。「整個機器上了油而一片黑，壓裁面卻是亮晶晶的銀色。拆解清理時雖然也看過，但畢竟清理時沒插電，像死掉了。說它死掉有點奇怪，不過插電運轉時就會感覺它很有生命力。嚇我一跳。上面雕刻了很多很像古代壁畫的花樣。」

公司提議將他調離該線，岡哥卻向工會提出抗議，拒絕調離，因此他再度回到編號十二號，還當著夥伴面前，在沖床台座上刻下「正二」。

然後隔年，岡哥的同一隻右腿又被壓爛，這回壓到大腿正中央。前輩緊急按下停止鈕，抱起摔到另一側的岡哥。斷腿處的繃帶撕裂，血染得通紅，繃帶底下的腿肉壓得亂七八糟，生產線因此停工三個小時。最後岡哥遭到革職，回老家開的便當店幫忙。去店裡看看，只見岡哥坐在椅子上，頭戴帽子，身穿圍裙，將飯糰塞進便當盒裡。一陣子之後，他已不再像之前那樣抓狂動粗。去喝酒時，偶爾他會回應不確定的答案，叫人毛骨悚然；沒了氣勢的岡哥實在令人擔心。長渕八成也是同樣想法吧，所以後來大家漸漸不再見面。那時候即使遇見岡哥坐在公車的博愛座上，也會裝作不在意。

大家後來再見面，是長渕結婚時。聽說是相親結婚。長渕開心的在市民廣場的宴會廳辦喜宴。我見他那樣也跟著開心。岡哥也被安排在同一張桌子。婚宴結束時，新娘、新娘的父母親、長渕和長渕的父母親全都哭了。

因爲這個契機，讓我們再度開始見面。

我和岡哥都還單身，所以經常追問長渕婚姻生活的點點滴滴。

「傷腦筋……」結婚兩年左右，長渕嘆氣。

「怎麼回事？」

「生不出小孩來啊！」

我是沒什麼概念，不過結婚兩年了，小孩還沒著落，岡哥說那的確是很大的問題。

「我們都還沒生，老婆的妹妹下個月卻要奉子成婚，眞丟臉。」

我們也想辦法安慰了，不過看到長渕的臉就知道一點效果都沒有。畢竟那些只是我們嘴上說說的安慰話罷了。

「奢侈啊。」岡哥在長渕被老婆叫回家去之後，小酌著沙瓦❷一邊小聲說。「別說老婆了，我連女朋友都交不到。」

「別擔心，岡哥，你會找到很棒的老婆。」

「或許吧……」岡哥瞥了我一眼，是以前那積極的眼神。

現在我正往車站前的居酒屋前進。

長渕的牢騷轟炸後又過了兩年。

「喂，今天去喝一杯吧！我也找了岡哥。」

那傢伙莫名興奮是有原因的，因爲有孩子了。那次發完牢騷後，長渕和老婆去接受不孕治療，因而得知長渕的精子幾乎是瀕死狀態，進入子宮後立刻全數滅亡。後來醫生想辦法讓長渕的精子恢復活力，讓卵子受精。終於在去年治療奏效。

「早知道就早點去檢查。」在居酒屋裡，長渕說完老婆懷孕的事後皺眉。

我們取笑他，誰叫他要偷偷吸食稀釋液❸。

「是嗎？原來是稀釋液的關係啊。但那只會破壞大腦吧？大腦和睪丸不是距離很遠嗎？」

「淋巴循環啊。任何病都是從淋巴開始，健康的、不健康的，全部和淋巴有關。好運霉運也和淋巴有關。」岡哥紅著一張臉說。沒了腿之後他胖了不少，最近更是三不五時一直在吃東西。便當店的生意變差後，現在店內一角也賣起了健康食品。

「淋巴這麼重要啊？」

聽到我的驚呼，岡哥感慨地搖搖頭，說：

「僅次於血管。」

「無所謂啦！」長渕從頭到尾不斷說著要生小孩了。我們爲此乾杯。

今天中午我外送回到店裡後，老闆娘板著一張臉瞪著我，我問怎麼回事，她說：「告訴你朋友，有私事請在休息時間再打來。」問她朋友是誰，一聽到是長渕，我立刻知道原因，想告訴老闆娘他沒惡意，於是我說：「一定是小孩生下來了。」結果老闆娘沒有絲毫驚訝或開心的神色，只是不置可否地應了一聲，便開始把炒飯封上保鮮膜。平常女性一聽到這種消

❷註：沙瓦，低酒精度氣泡酒，通常爲女性飲用之酒品。

❸註：稀釋液，種類包括丙酮、松節油、甲苯等，主要用途在稀釋油畫顏料、油漆。

息，總會開心騷動祝賀的，她的反應出乎我的意料，也不禁心想，現在在日本生孩子已經不是什麼值得高興的事情了嗎？

「總之中午時間不准。店裡的電話只供外送使用。」櫃台後頭做著叉燒麵的老闆瞪著我說。

我送完下一個外送、回店裡的路上，打了通電話給長渕。果然是小孩出生了。是個女孩子，而且聽說生產過程不是很順利。總之他希望大家見個面，於是約在車站前的居酒屋。我和最早到的岡哥等著長渕。長渕害羞地微笑現身。

「喲！孩子的爹！爸爸！」我們兩人故意糗他。「哎呀，眞是……」他搔搔頭坐到桌前，拿送來的小毛巾擦擦臉。今天是爲了慶賀，於是我們點了河豚火鍋，各喝了一杯沙瓦和啤酒。長渕說他前兩天一直待在醫院。

「總之她一直說腰好痛腰好痛，我按照指壓的方式幫她按摩，卻完全沒舒緩。搞到後來我的大拇指也受傷……」懷孕後，老婆胖了十五公斤，醫生訓斥會引發「妊娠中毒④」。

「產道因爲脂肪附著而生產困難，一定也是過胖的關係。」昨天正逢月圓，醫院有不少孕婦等著生產。「剛好有個女人和老婆一起開始陣痛。因爲那女人太痛了，護士把她送入分娩室。結果哪知道她只是一直喊叫，孩子完全沒有要出來的樣子。」

長渕的老婆等在走廊沙發上，就在那裡破水了。長渕說，護士連忙把剛才的女人推出分娩室，換他老婆進去，結果孩子馬上就生出來了。

「那個臭婊子眞的很愛演，到我回家時，小孩都還沒生出來。」

「眞愛拖啊，拖拖拉拉的臭小鬼。」岡哥點點頭。
「是啊，愛拖的肚子生出愛拖的孩子。」我說完，長渕也點點頭。
接著我們往朝鮮俱樂部去。平常不上那種地方，不過今天例外，岡哥帶我們去他老爸有寄酒的店。在那裡，我和名叫京子的女孩子感覺不錯；長渕逼著廣美小姐給他祝賀之吻而被討厭。兩點左右店家關門，我們踏著蹣跚的醉步走在街上。
滿月仍浮在空中。
「接下來呢？回家了嗎？」我說完，拄著拐杖的岡哥點點頭。
「我們去動物園吧！」長渕突然說。
「哪間動物園？」
「窮酸動物園啊！」
就是我帶和子去的那間動物園。
「現在去動物園？」岡哥呆然大叫。
「有什麼關係，那間動物園又沒有門，隨時開放的呀。好啦，我們去看看？」
我和岡哥面面相覷。唉，就當是去慶祝吧。
那地方正式名稱是「市立木崎動物公園」，但沒有人這麼稱呼它。聽說以前是本地相當

❹註：妊娠中毒症以水腫、高血壓、蛋白尿爲主要特徵，嚴重時出現抽搐、昏迷、心腎功能衰竭，甚至發生母嬰死亡。此症多見於初產婦、體型矮胖者。

受歡迎的動物園，但在我們的認知裡，它只是個角落躺了獅子、老虎、沒什麼人氣的公園罷了。園內從鳥到大象姑且俱全，但氣氛上比較像是遠離繁華市街的脫衣舞店。我們半路上經過便利商店又買了些酒。下計程車後，緩緩走上公園通往動物園的斜坡。然而通往動物園的路上卻出現我們不曾見過的巨大鐵門。

「啊……果然，看，過不去了。現在已經和那時候不同了。」氣喘吁吁的岡哥失望的說。

「沒辦法了。」我說。長渕在大門附近到處查看，不曉得什麼時候不見蹤影。

「那傢伙跑哪兒去了？」岡哥叼著香菸，手上靈巧拄著拐杖，同時拿出ZIPPO打火機點火。

「啊，厲害。」

「嘿嘿，這招可是我的獨門絕技，很受女孩子歡迎喔。」

岡哥伸過ZIPPO打火機，我很自然地把香菸點燃，吸了一口。

「那傢伙的人生似乎一帆風順呢。哪像我已經不行了。」

岡哥扯扯自己腹部的贅肉，約有《週刊少年JUMP》❺的厚度。

「別想太多，岡哥一定沒問題的。」

「那種話我已經聽膩了，也懶得再反駁了……那些話已經……夠了。」

「是嗎……」這時我聽到腳步聲。轉過頭，長渕意味深長地站在那兒微笑。

「你在做什麼？該走了。」

「前面有個破洞。」長渕莫名詭異地咯咯笑著。「沿著門往後頭走去雖然一整片都是鐵絲網，有個部分破了個洞。果然不出我所料。」

「你想從那邊進去？」

長渕點點頭。

「你們去吧，我在這裡等。」

「別擔心，我們撐起網子，你就過得去了。」

「我不要。」

「爲什麼？人都已經到這裡了，再說我們是來爲我慶祝的呀！」長渕費盡唇舌總算說服岡哥。我們三人從鐵絲網破洞鑽過去，岡哥被卡住，我和長渕用力把破洞扯得更大。

半夜的動物園充滿野獸的氣味。

鳴叫聲比想像中更吵鬧。

「和白天的氣氛完全不一樣耶。」

「是啊，完全不一樣。」

我們懷念的到處閒逛，隨便找個長椅坐下，開始喝起帶來的酒。一人一瓶威士忌。三人好一陣子沉默喝酒。氣溫到了夜晚仍舊沒下降；汗水從腋下流下，引來一陣癢意。咕嚕咕嚕咕嚕，不曉得是誰一定要喝出聲音。雲遮住了月，四周一片黑。遠處可聽見猴子的哀號聲。

❺註：《週刊少年JUMP》，日本集英社出版的知名漫畫雜誌。

「想想，值得慶祝的事情，差不多都慶祝完了。」長渕突然陰沉開口，吐氣中混雜著酒精的甜臭味。「接下來的人生就只剩下拚命工作拚命工作成爲小孩與房子的肥料而已了。」

「每個人不都是這樣？」岡哥打完嗝說。

「我還以爲可以有所不同。」

「人生根本不值得期待。我原以爲不過是少隻腿，沒什麼大不了，有沒有腿果然還是有差。」岡哥大口大口喝下酒。

「我的人生目標也走偏了呀。聽說我們店老闆曾在上海修業，以爲多少能夠偷學點技術，沒想到他是在名叫『上海』的沖繩料理店修業。」

兩人哈哈哈笑起來。

「生孩子是件好事啊。」我說，岡哥也點點頭。

「小便。」長渕站起身，消失在黑暗中。

我和岡哥繼續喝著瓶中的酒。

「不管怎麼說，那傢伙已經找到避難所。我可能會在今年內自殺。已經決定了。」岡哥注視著我，又抓了抓腹部的肉。

「老虎！恭喜我啊！」突然傳來長渕的聲音。

我和岡哥看向聲音的來處。

「這邊這邊！」長渕揮手。

他爬上柵欄去了。

「你在幹什麼啊！」
「會摔下去啦！」
「我要把我的好運分給這個被囚禁的可憐傢伙啊！」
長渕攀爬的柵欄上掛著寫有「孟加拉虎♂♀」的牌子。
「別幹蠢事！」我一大喊，岡哥拉拉我的衣袖。
「這麼晚，老虎應該在籠舍裡了。」
柵欄另一頭像地獄般漆黑，什麼也看不見。
「老虎在的話，應該會發出聲音。長渕那傢伙很清楚這點才敢這麼做的。」
「可是摔下去的話也會受傷吧，這麼高。」
還在說著，長渕已經跳到柵欄另一側去了。
「啊，笨蛋！」與我們兩人的聲音同時，突然傳來一聲悶響，接著不斷聽到瓶子破碎的聲音。
「笨蛋！快點上來啊！」岡哥大叫。只聽見黑暗中長渕應了聲：「嘿嘿，沒事沒事！」
「那傢伙眞蠢！」
「這樣子小孩太可憐了。喂！要不要繩子？」岡哥問道。
沒有回答。
「喂！」我也跟著出聲。
突然聽見類似木板破裂的聲音。

接著是喝水之類的聲音。

「喂！長渕！」

我們兩人看向彼此，然後再度面向地獄般的黑暗處。

黑暗中飄來一陣血腥味。

「我先回去了……」岡哥無力的喃喃說著，拄著拐杖一拐一拐走開。

不斷地不斷地偏著頭說：「搞不懂……搞不懂……」

他人事 / 平山夢明著： 黃薇嬪譯.
-- 初版. -- 臺北市 : 小異出版 :
大塊文化發行, 2008.08
面； 公分. -- (SM ; 3)
ISBN 978-986-84569-0-7(平裝)

861.57 97014212

Trans+

Trans+